冷たい恋と雪の密室

Cold love and a closed room of snow

綾崎 隼

ポプラ社

冷たい恋と雪の密室

装画　orie
装丁　bookwall

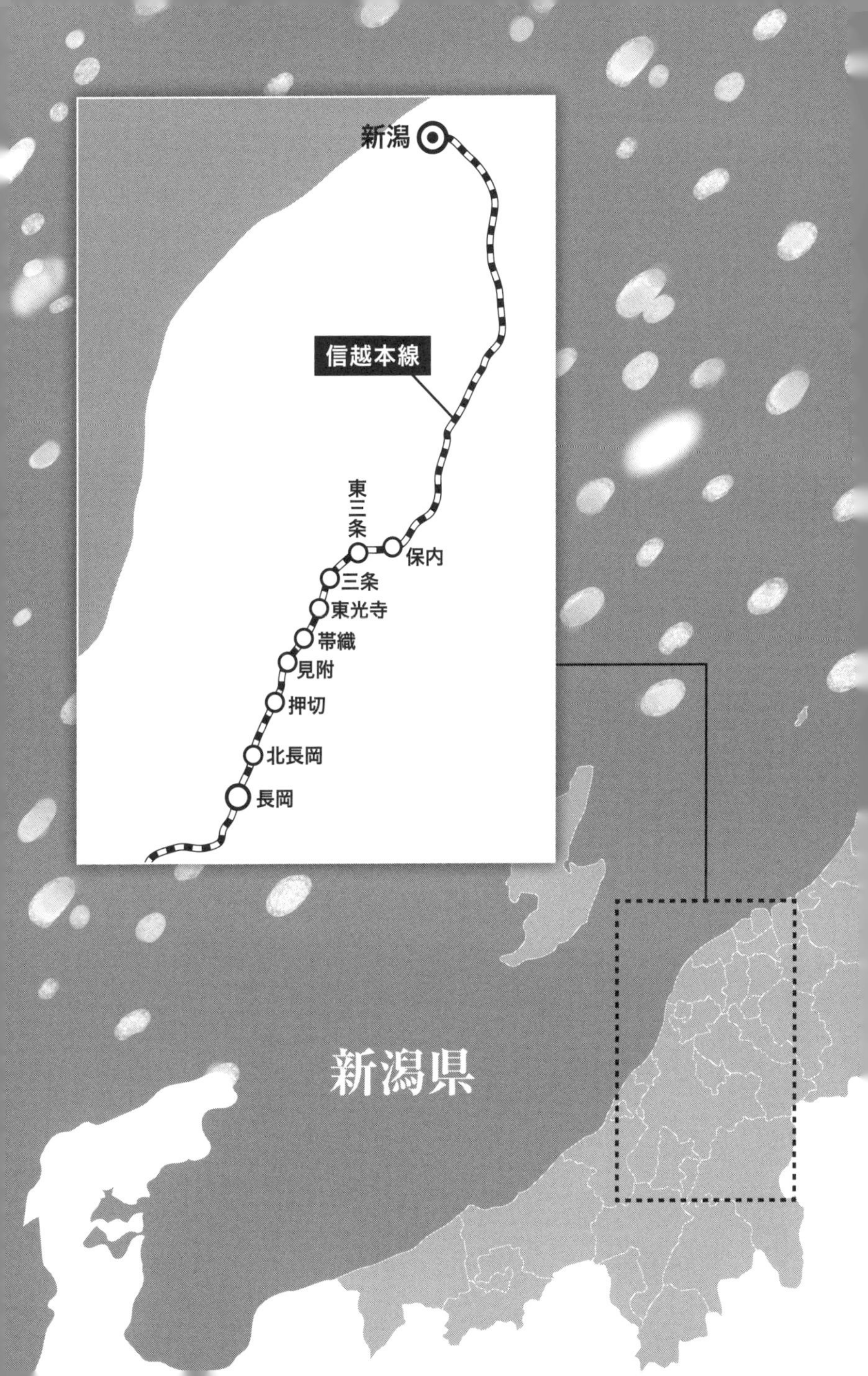
新潟
信越本線
東三条
保内
三条
東光寺
帯織
見附
押切
北長岡
長岡
新潟県

目次

登場人物

石神博人
（いしがみ・ひろと）
三条中央高校、三年生

櫻井静時
（さくらい・しずとき）
赤羽高校、三年生

三宅千春
（みやけ・ちはる）
三条中央高校、三年生

樺沢美樹（かばさわ・みき）…………………同級生
宮島祥子（みやじま・しょうこ）……………同級生
峰倉冬子（みねくら・ふゆこ）………………同級生
三宅俊治（みやけ・としはる）………………千春の父
三宅春那（みやけ・はるな）…………………千春の母

序幕

二〇一八年一月十一日、木曜日。

その日、歴史に残る最強寒波が新潟県全域を襲った。

豪雪地帯の常識をも凌駕した大雪は、県内の至るところにトラブルを発生させ、多くの人々の足を止めた。中でも深刻な被害を受けたのは、縦に長い新潟県の中央に位置する三条《さんじょう》市である。

事件当日、県内のダイヤは、雪の影響で日中から大幅に乱れていた。

ＪＲ信越本線、新潟発長岡行きの普通電車（列車番号４４４Ｍ）が、新潟駅を出発したのは、十六時二十五分のことだった。発車予定時刻は十五時七分だったから、この時点で既に七十八分の遅れが出ていたことになる。

当該電車の運行はその後も乱れ、本来五十分もかからずに到着する東三条駅を出発したのは、十八時半過ぎのことだった。

大幅に乱れたダイヤのせいで足止めをされていた学生はもちろん、社会人の退社時刻も重なり、続く三条駅を通過した時点で、車内は平時では考えられないほどの満員になっていた。そして、次の駅、東光寺《とうこうじ》駅を発車してわずか三百メートル進んだところで、電車は立ち往生してしまう。わずか四両の車両に、四百三十名ほどの乗客が閉じ込められてしまったのだ。

約一時間後、保線作業員が現場に到着し、人力での除雪が始まる。努力の甲斐もあり、やがて電車は出発するのだが、次の駅まで到着することは叶わなかった。間断なく降りしきる雪の脅威に抗えず、再び停車してしまったからだ。

事件当夜、三条市の積雪量は七十七センチだった。

電車が停まった場所は、民家の灯りも届かない田園地帯である。辺り一面が雪で覆われた氷点下の深夜に、立ち往生した電車から降りるなど自殺行為だ。車内に閉じ込められた人々は、降り積もる雪に、ただ埋もれていくしかなかったのである。

あの夜、図らずも雪の密室に囚われ、若者たちが誰かを強く想った。

逃げ出すことさえ許されない電車の中で、祈るように未来を思った。

これは、そんな夜に起きた、たった一晩の、まだ愛には至らない恋の物語。

第一部　雪の灯

1

三年間、教室で誰よりもうるさかったあいつが、軽口も叩かない。
休み時間の度に手鏡で髪形を気にしていたあいつが、寝癖にも気付いていない。
センター試験が近付くにつれ、一日、また一日と、空気が研ぎ澄まされていく。
失敗したって死ぬわけじゃないのに。
誰かが合格すれば、必ず誰かが不合格になるのに。
ここで多かれ少なかれ人生が変わると知っているから、皆、真剣になる。
それは、ここ、三条中央高校に通う俺、石神博人《いしがみひろと》も例外ではない。

二〇一八年一月十一日、木曜日。
新潟県三条市では、朝から重たい牡丹雪が降っていた。
この季節、三年生は午前にしかカリキュラムが組まれていない。
私立大学の受験日程は県内県外を問わずバラバラだから、冬休みが明けてからは空席も目立つようになった。

授業が終わり、クラスメイトたちは足早に帰途についていったけれど、俺は下校時刻まで図書室で参考書に向かうと決めていた。書架に音が吸い込まれていくような、あの静謐な空気を吸うことで、脳の回転も、記憶力も、増していく気がするからだ。

大学受験を考え始めた高校生が直面する悩みは、きっと、幾つもある。

地方都市在住者にとっては、受験先を県内に絞るのか否かも、その一つだ。

ありがたいことに、早い段階から、両親には好きな大学に進学して良いと言われていた。三条市を出て、一度、新潟以外の空気を吸うのも悪くないと勧められていた。

ただ、俺は大学卒業後、祖父が創設し、現在は父が継いでいる会社に、就職したいと考えている。だから、わざわざ県外への進学を希望する理由がなかった。

必然、候補となる進学先も限られてくる。

俺の第一志望は、新潟市にある新潟大学の工学部だ。

志望先を経済学部とどちらにするかで悩んだ時期もあったけれど、祖父と父のアドバイスを受け、二年生に進級する頃には心が決まっていた。文理選択でも進路を踏まえて理系を選んでいる。

新潟大学は近隣の県では最も偏差値の高い国立大学だ。

夏休みの駿台模試と東進模試でC判定に辿り着き、半年間、死に物狂いで追い込みをかけてきた。あらゆる娯楽を封印し、出来得る限りの努力を積み重ね、初めてB判定を勝ち取ったのは十二月のことである。

年末年始も休まず、毎日十二時間、机に向かってきた。各教科で叩き出せる偏差値は確実に上がってきている。手応えとしても、実感としても、前進している感覚がある。

それでも、年明けの面談で担任に言われた「期待出来る合格率は五割、甘く見積もって六割」という言葉は、的を射ているだろう。

「現役生はまだ伸びるから、この一週間が勝負を決める。合否は自分次第というところまで辿り着いたんだから、自信を持って勝負してきなさい」

現実を見据えた上での励ましの言葉が嬉しかった。

浪人なんて考えずに頑張ってきて、本当に良かった。

俺は前期と後期、どちらも同じ学部に願書を出すつもりでいる。ただ、後期は募集人数が減り、志望校のランクを落とす受験生が増えるから、確実に難度が上がる。チャンスが二回あると考えるのは危険だ。

合格が決まったら、最初は電車通学になるだろうか。

正直、新潟市は遠いし、新潟大学は最寄りの駅から距離がある。免許を取って、車で通う方が現実的かもしれない。自炊を継続する自信はないけれど、一人暮らしだって選択肢の一つだ。

最近は、気付けば、春から始まる新生活にばかり思いを馳せてしまう。

だが、現時点では何もかもが妄想に過ぎない。まだ何も決まっちゃいない。

最初の関門であるセンター試験まで、あと二日。

後悔を残さないよう、最後の瞬間まで油断せず戦わなければならない。

午後五時二十分。

これ以上ないくらい集中して参考書に向かっていたその時、耳慣れない校内アナウンスが流れた。

『三条市内で雪害に係わる非常配備基準超過が確認されました。この後、大雪に関する特別警戒宣言が発令される可能性もあるそうです。校内に残っている生徒、教員は、速やかに下校の準備を始めて下さい。繰り返します。三条市内で雪害に……』

カーテンが閉まっているせいで気付かなかったが、雪はまだ降り続いていたらしい。

図書室には既に、俺と司書教諭しか残っていなかった。

廊下から見える景色で、うんざりするほど積もっていることは分かっていたのに。

昇降口に立つと、自然と溜息が零れた。

雪が積もっても良いことなんてない。ただ寒くて移動がきつくなるだけだ。

校内に残っていた下級生たちも、追い立てられるように帰途についていく。

高校から最寄りの三条駅までは、約一キロだ。

普段なら早足で歩けば十分もかからないが、これだけ急速に積もったら、消雪パイプもその効果を十全に発揮出来ない。一歩踏み出すごとに足を取られてしまうせいで、駅に着く頃には背中に汗をかいていた。


午後五時五十分。

辿り着いた三条駅の構内は、驚くほどに混雑していた。

スマートフォンを操作するために、手袋を外す。

一番の趣味と言って良いギターにも長く触っていない。左指のギターだこも、すっかり柔らかくなってしまった。

乗換案内アプリを確認すると、案の定、ダイヤが乱れに乱れていた。

構内アナウンスによれば、次の電車は二つ前の保内《ほない》駅付近で停車しているらしい。パンタグラフに雪が積もり、停電が発生しているとのことだった。

学生と社会人で駅がごった返しているのは、予定の調整を余儀なくされた人々が、電車の到着を今か今かと待っているからだろう。

我が家の最寄りである帯織《おびおり》駅は、ここからわずかに二駅だ。

とはいえ三条駅から自宅まで歩こうと思ったら、平時の道でも一時間半はかかる。直線距離でも七キロはあるし、この積雪なら二時間以上かかっても不思議ではない。

多少、足止めをくらうことになっても、電車の復旧を待った方が早いはずだ。

試験前に体調を崩しては元も子もない。

大人しく、駅で電車がやって来るのを待つことにした。


ホームで立ったまま参考書に目を落とすこと五十分。

遅れを謝罪するアナウンスと共に、ようやく電車が到着した。

荒天は誰のせいでもない。そもそも大雪のせいで予定が狂うなんて、この町では珍しいことじゃない。そう言えば、昨晩のニュースでも、この冬一番の強い寒気と大雪に警戒するよう呼びかけられていた。だが、俺たち受験生にとっては、それがセンター試験の二日間を直撃しなかっただけ、むしろ幸運なはずだ。

乗車率が余裕で百パーセントを超えている電車に乗り込み、中ほどまで進むと、

「博人」

ハスキーな声が左下のボックス席から届いた。

ペンを指に挟み、片手を上げていたのは、地元の友人、櫻井《さくらい》静時《しずとき》だった。その膝の上に、細かな書き込みの入った英語のテキストが広げられている。

「よう。久しぶり。この電車に乗っていたんだな」

静時は三条市民としては珍しい、新潟市の高校に進学した同級生だ。

こいつが通う私立赤羽《あかばね》高等学校の最寄りは、新潟駅である。ダイヤが乱れる度に乗客が増えても、始発駅からの乗車だから席に座れていたのだろう。

地方都市の電車なんて、運行本数も車両の数も都会とは比べものにならない。この電車もわずか四両編成だ。これまでも下校時に偶然会うことはあったが、こんな日にまで一緒になるとは思わなかった。

「何度も停まっていたんだろ。結構、乗っていたんじゃないか？」

「ちょっと待って」

静時は参考書を鞄にしまうと、後から乗ってきた年配の女性に席を譲った。

俺は今でも身長の伸びが止まっていない。もともと俺の方が高かったけれど、並んで

立つと、また少し二人の背丈が離れたように感じる。

「もう二時間以上、乗っているよ」

「災難だったな」

「まあね。でも、どうせ帰っても勉強するだけだ。停電になった時は焦ったけど、集中して参考書に向かえていたから、意外とあっという間だった。博人はこんな時間まで学校に残っていたのか？」

「ああ。お前の電車学習と似たようなものさ。学校の図書室が一番集中出来る」

別の小学校に通っていた静時と出会ったのは、今から八年前、小学四年生の春のことだった。

スイミングスクールで知り合い、同じ級になった俺たちは、すぐにライバルになったし、それ以上に仲良くなった。中学生になってからは、同じバレーボール部で、三年間、放課後の活動を共にした。

別々の高校に進学した後も、休日、一緒に映画を見に行ったり、お互いの家でギターを弾いたりと、緩やかな交流が続いていた。

受験シーズンが本格的に始まり、夏以降はこうして電車で会うくらいになっていたけれど、ＳＮＳを利用した何でもないようなメッセージのやり取りは続いていた。

何と説明したら良いのだろう。

櫻井静時という男は、ほかの友人たちとは質が違うのだ。

子どもの頃から変わらない斜に構えた態度も、迎合を良しとしない独特な感性も、俺にはないもので、そういうところに昔から尊敬のような何かを感じていた。

「全然、発車しないな」

既に乗り込んでから五分以上経っている。

「東三条駅を出た後も何度か停まったんだ。点検作業に時間を取られているのかもな。せめてあと二駅、頑張って欲しいけど、運行中止も有り得るかもしれない」

静時の自宅も最寄りは帯織駅である。

三条の次が東光寺、帯織はその次の駅だ。

「運休になったら歩くか？　それとも親に車で迎えに来てもらうか？」

「この積もり方だと、どうせ八号線の渋滞も笑えないことになっているよ。多分、歩いた方が早い」

一人で二時間となるとうんざりするが、友人と一緒なら気も紛れる。

久しぶりに会ったのだ。話したいことは幾らでもあった。

「ほかの電車はどうなっているんだろう」

「前後の運行状況を確認してみようか」

静時が指紋認証でスマートフォンのロックを解除したその時、メッセージアプリが受信を告げた。静時はそれを無視して乗換案内のアプリを開いたが、わずかな時間でも送り主は見えてしまった。

たった今、静時にメッセージを送ってきた人物は、三宅千春《みやけちはる》だった。

俺にとっては隣人の幼馴染みであり、今は三条中央高校の同輩である。静時にとっては中学校時代の同級生だ。

「どの電車も運行の見通しが立っていないみたいだ。雪がやむ気配もないし、これは本当に歩くことになるかもな」

静時がアプリを落とし、ホーム画面が目に入った。

先程メッセージを受信したアプリの右上に、三百を超える数字がついている。確かめるまでもなく未読メッセージの件数だと分かった。

静時は極めて几帳面な男だ。

いつ遊びに行っても、部屋は隅々まで綺麗に片付いている。茶碗にご飯粒が残っていることなどないし、骨の多い焼き魚でも驚くほど綺麗に食べる。アップデートやメッセージの通知をホーム画面に残しておくなんて耐えられないタイプだ。

それなのに、千春からのメッセージが届いたことにも気付いているはずなのに、静時はそれを確認せず、コートのポケットにスマートフォンをしまった。

俺の前で確認したくないからだろうか。それとも、未読メッセージがすべて千春からのもので、継続的にあいつのことを無視しているからだろうか。

「運休になるならなるで、さっさとアナウンスが欲しいよな」

「違いない。遅くなればなるほど、歩くのも億劫になる」

ホームの様子を確認したくて、コートの袖で窓の曇りを拭ったその時、俺たちが乗り込んだ二号車の前を、足早に友人が通り過ぎていった。

「あ」

その姿を見て、静時が似合わない間抜けな声を上げる。

窓の向こうを早歩きで抜けていったのは、ついさっきメッセージを送ってきた当人、千春だった。

「あいつも高校に残っていたのか」

「そういや放課後は自習室で勉強していることが多いって言ってたかも」

振り返ってドアに注目してみたが、千春がこの車両に乗ってくることはなかった。二号車は既に満員と見て、隣の一号車に乗り込んだのだろう。

俺たち三人は全員、帯織駅で降りる。

静時の家は線路を挟んで北側にあるため、駅でお別れになるが、俺と千春は同じ袋小路に住む隣人だ。

千春は考え事を始めると、周りが見えなくなるタイプである。

センター試験前に、雪道で転倒して怪我でもされたら寝覚めが悪い。ホームで捕まえて、一緒に帰ろう。

静時に向き直ると、妙に真剣な眼差しが突き刺さった。

「行かなくて良いのか？」

「何処に？」

「千春は隣の車両に乗っただろ」

感情の読み取れない顔で、静時はあいつの名前を口にした。

「良いよ。どうせすぐに帯織のホームで会う」

「それは、この電車が無事に発車すればだな」

「久しぶりに会ったんだ。電車がしばらく動かないなら、お前と喋りたい」

正直な思いを告げると、静時は何か言いかけたが、しかし言葉にはせずに、小さく微笑んだ。

高校のこと、大学受験のこと、そして、将来のこと。

友達と、たった一人の親友と、話したいことは幾らでもある。


三条駅を出発したのは、俺たちが乗り込んでから十分後のことだった。

電車が動き出し、自然と静時との会話も途切れる。

窓の外、真っ暗な空から降り続く牡丹雪は、やむ気配がない。

ぼんやりと流れてゆく町灯りを見つめながら、隣の車両に乗っている千春のことを想っていた。

我が家の斜向かい、職人の工房兼自宅に暮らす千春は、同い年だが、物心がつく前からの知り合いというわけではない。三宅家の両親は、千春が生まれる前から、新潟市で暮らしていたからだ。

もう十一年も前の話になるのに、千春と初めて会った時のことを、今でもはっきりと思い出せる。

あの夜も、今日と同じように、間断なく冷たい雪が降っていた。

思えばあの日から、俺の心はずっと、たった一人の少女に囚われている。

2

俺が生まれ育った三条市は、新潟県央地域を代表する都市だ。

それを証明するように、昭和後期、新潟と首都圏を繋ぐ上越新幹線の建設が計画されると、すぐに停車駅の候補になった。

しかし、そこで一つの問題が発生する。三条市の北に隣接する燕《つばめ》市もまた、駅の誘致合戦に参戦してきたのである。

最終的には両市の境界に駅舎を置くことで決着がついたが、次は駅名を巡って議論が始まった。「燕三条」か「三条燕」か、どちらの名前を先にするかで、両住民が揉め始めたのだ。

論争を決着させたのは、新潟を代表する時の政治家、田中角栄《たなかかくえい》だった。

駅長室を置いて所在地を三条市とする代わりに、駅名は燕が先の「燕三条」とする。付近に建設されていた高速道路は、ＩＣ《インターチェンジ》を燕市に置く代わりに、名称は三条を先に置く「三条燕」とする。そう決定を下したのだ。

上越新幹線の利用者には、燕三条という市が存在すると勘違いしている人間も多いらしいが、両者はれっきとした別の市なのである。

ただ、三条と燕は駅名やＩＣを別にしても、一緒くたに語られることが多い。理由はシンプルで、地場産業が似た特色を持っているからだ。

燕三条は、金物の町、ものづくりの町として、世界的に有名な地域である。

両市の歴史は、江戸時代初期、度重なる信濃川の氾濫に苦しんだ農民たちが、副業として取り組んだ和釘作りから始まったと言われている。新潟と言えば稲作だが、水害が頻発する地域では新田の開発が難しい。そのため、必然的に別の産業にも注力することになったのだろう。

江戸時代は急激な人口増加と家屋の密集に伴い、火災が多発した時期である。家屋再建の需要に伴い、鉋《かんな》、鑿《のみ》、のこぎりなども必要とされ、燕三条はものづくりの町としての真骨頂を発揮していった。

地場産業が始まった頃、燕は職人の町で、三条は商業の町だったらしい。燕の職人が作った品物を、三条の商人が全国各地に販売していったのだ。

しかし、時代と共に商業形態は移り変わってゆく。

現在、燕は金属洋食器や金属ハウスウェア、三条は作業工具、利器、工匠具などを生み出す町として、世界的な知名度を誇っている。グローバル化の影響を受け、地場産業を取り巻く環境は年々、厳しいものになっていると聞くが、それでも、今もなお地域の主要産業として一定の規模を維持していた。

俺の父親は、そんな金物の町、三条で、カタログギフト事業を主力とする会社を経営している。祖父から商売を引き継いだ二代目の社長だ。

景気低迷によるギフト需要の落ち込み、競争激化に伴う売上の減少、その時々の困難に見舞われながらも、ものづくりの町であることを強みに、祖父と父は昭和と平成の時代を生き抜いてきた。

俺は職人たちを商人として支えてきた祖父と父を尊敬している。この町と共に生きると決め、戦ってきた二人の生き様に感銘を受けている。

だから、中学生になる頃には、将来の生き方を決めていた。祖父と父が築いた会社を、自分が継ぎたいと考えていた。

来年、二〇一九年には元号が変わり、平成の世が終わる。

商業の世界もまた、時代と共に変化を余儀なくされることは避けられないだろう。

会社を継ぐのは、別の仕事を経験してからでも遅くないんだぞと父は笑うが、幼い頃から誇りを持って働く祖父と父の背中を見て育ってきたのだ。

ほかにやりたいことはない。他業種に憧れたこともない。

家業を継ぐことだけが、俺の確固たる夢だった。

祖父は先月から体調を崩しており、市内の総合病院に入院している。俺はおじいちゃん子でもあったから、倒れたと知った時は、比喩ではなく目眩を覚えた。

受験勉強の時間を奪いたくないと言われ、なかなかお見舞いに行かせてもらえていないが、だからこそ、祖父の期待に応えるためにも受験は失敗出来ない。

年末年始も一切気を緩めずに、勉強に熱を入れていた。


世の中には、様々な人間がいる。

俺は何の迷いもなく、親と同じ職に就きたいと考えるようになったが、農家の息子が農家に、職人の息子が職人になりたいと願うとは限らない。

むしろ、簡単に世界中の情報を集められる現代では、俺のようなタイプの方が珍しいのかもしれない。

我が家の斜向かいに住む三宅家は、五代にわたり金物製造業を営んできた、生粋の職人一族だ。

しかし、平成のこの時代、ついに伝統が途絶える時が訪れた。

一人息子で、六代目になるはずだった長男、三宅俊治《みやけとしはる》さんが、家業を継ぐことを拒んだのである。

それから、家庭内でどんな話し合いがあったのか、もちろん、俺には分からない。

ただ、その後の展開は聞き及んでいる。俊治さんは高校卒業と同時に三条を飛び出し、以降、実家とは疎遠になったのだ。

結婚し、子どもが生まれてからも、彼が帰省することは一度もなかった。

それでも、家族は家族である。

距離が離れてしまったのは、単に考え方が違っただけだ。お互いを嫌っているわけでも、憎んでいるわけでもない。

時間というのは偉大なもので、頑なになった心すら、ゆっくりと溶かしていく。

しかし、親子の距離が再び近付こうとしていた十二年前の年の瀬。

あまりにも痛々しい悲劇が三宅家を襲った。

俊治さんの妻、春那《はるな》さんが、長く患っていた病気の悪化に抗えず、ほとんど家事の出来ない夫と、小学一年生の一人娘を残して、亡くなってしまったのである。

俊治さんは職人ではなく会社員だ。残業も多く、勤務時間も一定ではない。

世の中には、働きながら、たった一人で幼い子どもを育てている親が沢山いる。

もちろん、不可能ではないが、現実的には簡単なことではない。

妻との死別が後押しになったなんて皮肉にもならない話だけれど、春那さんの死をきっかけに、俊治さんは両親との和解を果たしたらしい。

それから、「千春を連れて実家に戻って来なさい」という両親の言葉を受け、俊治さんは悩みに悩むことになった。

三条市から新潟市の会社に通うとなると、通勤時間は倍化するどころの話ではない。

それでも、家事の苦手な自分が、たった一人で子育てをするよりは、実家に戻った方が幼い娘のためになるはずだ。

そう考えた俊治さんは、葛藤の末、故郷、三条の地への帰還を決意する。

親子喧嘩が発端となり家を飛び出してから、実に十八年後の真冬のことだった。


俊治さんと千春が引っ越してきたのは十一年前、二〇〇七年の二月だ。

斜向かいの家に、同い年の小学生が引っ越してくる。異性というのが残念だったけれど、それでも、わくわくする出来事には違いない。

三宅家に同い年の孫がいることは知っていたが、会うのは初めてである。

「千春ちゃんは、お母さんを亡くしたばかりで、絶対につらいはずだから、優しくしてあげてね」

前日から母に念を押されていたけれど、言われるまでもなくそうするつもりだった。

この袋小路に住む小学生たちは、学年を問わず、仲が良い。近所の子どもたちを紹介してあげよう。もしも同じクラスになれたら、小学校の中も案内してあげよう。

なかなか寝付けない夜に、俺はそんなことを考えていた。


引っ越し当日は、朝からあいにくの牡丹雪が降っていた。

あっという間に雪が道路を埋め尽くし、すべての景色を白に塗り替えていく。

引っ越し業者の男たちが、泣きそうな顔で荷物を運んでいたことを、今でもはっきりと覚えている。おやつを食べながら、その風景を見ていた記憶があるから、きっと、あれは土曜日か日曜日で学校が休みだったのだろう。

夕方、俊治さんが千春を連れて挨拶にやって来た。

随分と小さな子だな。

それが、千春を見て最初に抱いた印象だ。

昔から背が高かった俺と比べるまでもなく、三月生まれだという千春は、明らかに同級生たちより小さかった。

父親に挨拶を促され、千春は緊張した面持ちで頭を下げてきた。それから、

「はじめまして。新潟市から来ました三宅千春です。六歳です。小学一年生です。今日から、よろしくお願いします」

よく通る声で、淀みなく、違和感を覚えるほどに丁寧な口調でそう告げた。

「あ。俺は石神博人。同じ小一」

母を亡くしたばかりの少女とは思えないほどに、その背筋が凛と伸びている。

自らの境遇を思えば、両親と一緒にいる同い年の小学生なんて見るだけでつらくなってもおかしくない。俺なら、どうしてこの子の母親じゃなく、自分の母親が死ななければならなかったんだろうとか、考えても仕方のないことを嘆き、深みにはまりそうだ。

だけど、千春は哀しみの色なんて、これっぽっちも浮かべていなかった。

「俊治さん。千春ちゃんのクラスは決まったの？」

「あー。どうだろう。何も聞いてないや。何しろ急に決まった引っ越しだったしな。学校にはまだ挨拶にも行っていない」

父と俊治さんは幼馴染みだ。同じ袋小路に住んでいた三歳年上の俊治さんは、父にとって昔からよく知るお兄さんのような存在だったらしい。

「この子はちょっと変わっているから、新しい学校に馴染めるか心配だよ。まだクラス

が決まっていないなら、博人君と同じにしてもらえないか頼んでみようかな。ねえ、博人君。千春のことを、お願いしても良い？」

「はい。大丈夫です」

こんな小さな子を、ひとりぼっちに出来るわけがない。

「最初から知り合いがいたら安心だ。ほら、千春も頼め」

俊治さんに促され、千春は殊勝な顔で、再び頭を下げてきた。

「よろしくお願いします。分からないことが沢山あると思うので、学校のことも、三条のことも、教えて頂けると嬉しいです」

何でこの子は同級生に対して、こんなにも丁寧な口調なんだろう。

父も似たような印象を覚えたようで。

「千春ちゃん、流暢に敬語が使えて凄いね。俊治さん、どういう教育をしているのよ」

「いや、別に仕込んだわけじゃないよ。春那とは社内結婚だったんだけどさ。八つ歳が離れていたんだ。もともと上司と部下だったこともあって、出会った時はもちろん、結婚してからも家内の敬語が抜けなかったんだよな。それが千春にもうつっちゃって。でも、丁寧なのは悪いことじゃないだろ。春那の影響は、この子にとっても宝物だろうし、好きにさせるさ」

なるほど。この子の敬語は死んでしまった母親の影響だったらしい。

それから、両親が二人を家に上げて。お茶菓子をつまみながら、しばしの雑談が交わされることになったが、千春は目の前のお菓子に手も伸ばさずに、背筋を伸ばしたまま、ずっと、大人たちの歓談を静かに聞いていた。

「遊びたい」とも「飽きた」とも言わずに、黙って、耳を澄ましていた。

身体は小さいけれど、礼儀正しく、静かで、落ち着いた女の子。

そんな千春への印象は、すぐに変わっていくことになるのだけれど、とにかく、あの日から、俺たちはとても良い友達になった。


小学一年生の残りの一ヵ月と、三年生に進級してクラス替えがおこなわれるまでの一年間、俺たちは毎朝、一緒に登校した。

男子と女子が一緒に登下校していることを、からかってくるような馬鹿もいないわけではなかったが、俺は千春の家庭の事情を知っていたから、何を言われても無視して習慣を継続した。夏休みのラジオ体操にも、二人で出掛けていた。

男子と女子だ。学校で喋ることはほとんどない。

それでも、毎日のように顔を合わせていたから、俺はすぐに俊治さんが言っていた『この子はちょっと変わっている』という言葉の意味を理解することになった。

親しくなった千春は、確かに変わり者だった。

馬鹿がつくほどに几帳面で、生真面目で、強い信念を持っている。

小学生なんて少しでも人と違うところがあれば、笑い、あげつらうような生き物だ。性格の善し悪しでも、道徳観の問題でもなく、単純に世界が狭いから、どうしたって目立つ子は笑われてしまう。

三宅千春はクラスの全員にとって、初めて経験する転校生だった。

加えて、母親が亡くなったばかりという事実も、教師から事前に伝えられていた。そのため、最初の数日は、皆、遠慮がちに接していたけれど、千春はすぐにその特異性をからかわれるようになった。

中でも嘲弄の的になったのは、同級生に対しても敬語を使い続けることだった。

新潟市出身の千春は、訛《なま》りがまったくない。むしろ訛っているのは俺たちの方なのに、あの頃、小学校の教室では、多数派の感性こそがジャッジのための定規だった。

千春はただ優しいだけの女じゃない。

強い信念と正義感を持っており、一度、こうと決めたことは譲らない。不正も絶対に見逃さない。

だから、どうしても節目節目で、小ずるいクラスメイトたちと衝突してしまう。同級生たちのちょっとしたズルを見過ごせず、必ず指摘してしまうからだ。

千春はそれが自分に無関係の事案でも、不正を認めない。嫌がらせを受けている子がいたら、相手が学年の違う男子でも、やめさせるために首を突っ込んでいく。

千春はいつでも正しい。だけど、正論は時に痛い。正しいから、言われた方も本当は分かっているから、腹が立つ。

低学年の頃は、まだ皆が子どもだったから良かった。

しかし、年齢が上がれば、世界の解像度が上がれば、自然と相性の良し悪しが出てくる。気が合わない人間も、気に食わない人間も、生まれてくる。

三年生に進級するタイミングで、俺と千春はクラスが分かれてしまい、二階と三階で教室のフロアも別になった。

それでも、その姿を学校でほとんど見かけなくなっても、教室で千春が浮いていることは、友人たちから聞いて知っていた。

曰く、女子のいじめっ子グループを咎めて、仲間外れにされるようになった。

曰く、男子の乱暴な行為を止めようとして突き飛ばされ、頭を打って早退した。

曰く、依怙贔屓が目に余る担任を授業中に諌めて、ほかならぬ自分が担任から無視されるようになった。

どれもこれも千春らしいと言えば千春らしいエピソードだが、怪我までしているのだから、心配するなという方が無理だ。

俺が同じ教室にいたら、絶対に怪我なんてさせなかったのに。

向こうが間違っているのなら、たとえ相手が教師でも味方をするのに。

そう心から思っていたけれど、小学三年生にとって、教室の壁を越えるというのは、海外旅行に出掛ける程度にはハードルの高い行為だ。隣のクラスでも遠いのに、階まで分かれていたら、ほとんど別世界である。

だから、情けないことに、俺は千春の力になることが出来なかった。

友達から話を聞いて、ただその身を案ずることしか出来なかった。

ただ、幸いと言って良いのかは分からないが、当の千春は、自らの境遇について何とも思っていないようだった。

女子たちに避けられても、担任に無視されても、何処吹く風だった。気にしていないわけではないだろうが、特に不満もなさそうな顔で、毎日、登校していた。

俺は、千春が何を考えているのか、よく分からない。

でも、分からないからこそ、楽しいのだと思っている。

常識を有した変わり者で。

頭の回転は速いのに、思い込みが激しくて。

皆の話を積極的に聞こうとするくせに、こうと決めたら絶対に譲らなくて。

だから、友達がほとんどいなくて。

でも、俺はそういう人とは違う感性を面白いと感じていたし、その心の強さにも惹かれていた。

あいつが誰に何を言われても、俺だけは一番の友達でいたいと思っていた。


縦に長い新潟県は、便宜上、地方が三つに分割されている。

京都に近い方から、上越、中越、下越と区分され、県のほぼ中央に位置する三条市は、中越地方に分類される。

中越地方は比較的、災害の多い地域だ。一九九九年生まれで、まだ十八年しか生きていない俺でも、既に幾つもの大災害を経験している。

二〇〇四年十月二十三日に発生した「新潟県中越地震」や、二〇〇七年七月十六日に発生した「新潟県中越沖地震」は、幼い時分の記憶にも、はっきりと残っている。

ただ、三条市が最も大打撃を受けた災害を一つ挙げろと言われた場合、大抵の市民が名前を出すのは、二〇〇四年七月十三日に発生した豪雨災害ではないだろうか。

通称「7・13水害」は、前夜からの記録的な雨により、死者十五名、負傷者三名という大きな被害がもたらされた水害である。四百ミリを超える記録的な雨量が観測されたその夜、信濃川水系の堤防が次々に決壊し、五十嵐《いからし》川下流域の三条市を中心に、広範囲で浸水被害が発生したのだ。

幸いにも我が家は高台に位置していたため、直接的な被害は受けていない。

それでも、就寝後に起こされ、避難を余儀なくされたことを覚えている。親や周囲の人々が発する不安の気配を感じ取り、恐怖に震えたことも思い出せる。

そして、あの水害をきっかけに、父はあることを決意した。

三条市が職人の町として栄えることになったのは、ここが水害の多い地域だからだ。二度あることは三度ある。もう一度、似たような災害が発生した時のことを考え、父は息子に水泳を習わせることにしたのである。

たとえイアン・ソープでも、マイケル・フェルプスでも、あれほどの規模の水害に巻き込まれたら無力だ。だが、それはそれ、これはこれ。何処で何が命を救うことになるか分からない。泳げるか泳げないかが生死を分けることもある。父はそう考えたのだ。

それから、時が流れ、小学三年生の夏休み。

俊治さんが俺と同じスイミングスクールに千春を通わせたいと言い始めた。

体育祭でリレーの選抜選手になっていた俺の走りを見て、娘にも同じ習い事をさせたいと思ったかららしい。

運動が苦手な千春は、体育の授業で、しばしば問題を抱えていた。

逆上がりどころか、マット運動の後転すら上手く出来ない。マラソン大会でも毎年、最下位になっていた。

引っ越してきた当初は、袋小路の子どもたちと一緒に屋外で遊んでいたのに、いつしか千春は顔を出さなくなった。ボール遊びも、鬼ごっこも、缶蹴りも、あいつには楽しいと感じられる遊びではなかったのだろう。

三条市から新潟市まで出勤している俊治さんは、毎晩、帰りが遅い。

必然、千春はスイミングスクールに、我が家の車で一緒に通うことになったのだが、この習い事こそが、意外な形で俺たちの人生に影響を及ぼすことになった。

もちろん、どちらかが水泳選手を目指し始めたという話ではない。

俺たちは小学校を卒業すると同時に、スイミングスクールをやめている。良い運動になったし随分と体力もついたけれど、水泳自体はそれだけの話だ。結論から言えば、課外活動を通して、お互いを知る時間が増え、距離がそれまで以上に縮まったのである。

俺と千春は三年生以降、一度も同じクラスにならなかった。家が近所とはいえ、男子の遊びに千春が交ざることもなかった。

だから、あの習い事がなければ、もしかしたら俺たちは、今よりずっと淡泊な関係だったかもしれない。ただ同じ袋小路に住んでいる同級生。そんな二人のままだった可能性もある。

しかし、母が運転する車内で、俺たちは週に二回、必ず喋るようになった。スイミングスクールは年齢と実力で細かくクラスが分けられていたため、同じグループになることはなかったけれど、休憩時間や練習後に、色々なことを話した。

学校のこと、友達のこと、家族のこと、そして、将来のこと。

俺は誰とも違う千春の思想を面白いと感じていたから、ただ話を聞いているだけで楽しかった。普段、変わり者だと言って避けられがちな千春からしても、すべての話を快く聞いてくれる俺は、貴重な存在だったはずだ。

家が近所だからでも、同じ学校に通っているからでもない。あのスイミングスクールがあったから、俺たちは親友と言って差し支えない仲になった。

週に二回、それまでの数日にあった出来事を話す時間が、本当に幸せだった。

お互いにとって、宝物みたいな時間だった。

そして、もう一つ。

あのスイミングスクールは、俺たちにかけがえのない友人を与えてくれた。

櫻井静時。

隣の小学校に通っていたあいつと、俺たちはあの場所で出会ったのだ。

3

三条駅を出発した電車は、東光寺駅で客の乗降を済ませ、ついに俺たち三人の目的地である帯織駅に向かって走り始めた。

降り続く雪に遮られ、町灯りがほとんど見えない。随分と長い足止めをくらい、予期せぬ満員電車に揺られることになってしまったが、それももうすぐ終わる。

帯織駅から自宅までは十分ほどの距離だ。雪が積もっていれば、もっとかかるだろうが、三条駅から徒歩で帰ることになっていたかもしれないことを考えれば、散歩みたいなものである。本当に電車が動いてくれて良かった。

ホームで別れれば、次に静時と会うのは、大学受験が終わった後になるだろう。

お互い、笑顔で三月を迎えられたら、久しぶりに買い物に一緒に行きたい。

何しろ大学生になれば、制服というわけにはいかなくなる。まずは私服を一週間分、揃える必要があるはずだ。早めに車の免許も取ってしまいたいが、この時期は、教習所が一番、混み合うと聞いている。そんなことを呑気に考えていたら……。

ゆっくりと電車が減速していき、やがて完全に停まってしまった。

「また停車か」

「今度は何があったんだろう。保内の前で停まった時は停電が原因だったんだよな？」

車内は灯りも、暖房も、ついたままだ。

「あと一駅だってのに。今日は本当に最後までこんな調子か」

腕時計を確認すると、午後七時になろうかという頃合いだった。

停車から五分が経ち、十分が経っても、電車は出発する気配を見せていない。

乗客たちがざわつき始めた頃、ようやく車内アナウンスが流れた。

『ご案内致します。ただいま列車が雪を巻き込んでしまったため、運転士が除雪作業に当たっております。十分ほどかかる見通しです。お急ぎのところ列車が遅れ、ご不便ご迷惑をお掛け致しますことを、重ねてお詫び申し上げます』

乗務員が雪かきをするのか。そんなことまで業務に入るなんて、雪国の運転士というのは、想像以上に大変な仕事らしかった。

早く家に帰って、自分の机で参考書を広げたい。不運を恨みたくなる気持ちもあるが、停車が十分で済むなら、まだマシと言えるはずだ。

スマートフォンを取り出し、ニュースでも読もうかと思ったその時、

「アナウンスを真に受けない方が良い」

周囲に配慮した小声で、静時が口を開いた。

「この電車は東三条駅を出てから、何度も停車している。その度に乗務員が雪かきをして、運行再開を繰り返してきた。この降雪量だからな。アナウンス通り十分で除雪が終わったとしても、きっと、同じことが繰り返される」

センター試験は二日後だ。何度も停車で足止めをくらうことになるなら、いちいち苛立つのではなく、割り切って参考書に目を落とした方が賢いはずだ。

乗車率が高いとはいえ、テキストを広げられないほどの超満員でもない。

起立した状態での学習が効果的という話を読んだこともある。身体を巡る血流は、着席した状態より立った状態の方が二十パーセントほど増えるらしい。血が巡りやすくなるわけだから、脳の活動が活発になるのも道理だ。その時に読んだ解説には、実際に立っ

た状態で勉強した方が、暗記力が上がったという検証結果も掲載されていた。

「俺は四時台からこの電車に乗っている」

「さっき聞いたよ」

「だから、先輩として、もう一つ、アドバイスをしてやろう」

「アドバイス？」

静時は不穏な空気が漂い始めている車内を、一度、ぐるりと見回す。

乗客の大多数を占めているのは、仕事帰りの社会人だ。高校生や大学生らしき学生の姿も多く見受けられる。

「皆、すぐに電車が発車すると思っている。実際、俺もそうだった。だけど、除雪には意外と時間がかかる。日中でもそうだったんだから、日が沈んだ後はなおさらさ。降雪量も増えている。停車の直接的な原因が改善されたとしても、作業にかかる時間が長くなればなるほど、線路には雪が積もる。今度はそっちが問題になる」

「つまり、お前は、しばらくこの電車が動かないと思っているってことか」

「走り出せば、遠からず帯織だ。長岡辺りの人間ならともかく、帯織や見附《みつけ》で降車予定の乗客は、焦っていないはずだ。どうせすぐに降りられると思っているからな。だから今が狙い目なんだよ」

「何の話だ？」

「これまでみたいに十分や二十分で動けば良い。でも、最悪、二時間、三時間このままってことも有り得る。問題はこの後だ。暇だったから数えてみた。この車両だけで、乗客が百人以上いる。四両合わせたら、単純計算で四百人だ」

各駅で足止めをくらっていた学生と、社会人の退社時刻が重なってしまったせいで、この電車は現在、平時では考えられない乗車率になっている。

「保内で停車した時に確認したら、この電車は一号車にしかトイレがなかった。この状況が続けば、そう遠くない未来にパンクする」

ああ、そういうことか。さっき静時が指差したのは、連結部のドアではなく、その先、一号車に設置されているトイレだったのだ。

「早めに用を足しておいた方が良い。今なら待ち時間もほとんどないだろ」

確かに。乗客たちは皆、停車に苛立ち、いつ動き出すのかを気にしてばかりだ。しかし、この人数で停車が長引けば、いずれは大行列になるに違いない。

「そうだな。先輩のアドバイスは聞いておくよ」

「ついでに千春の様子も見てきたらどうだ」

千春の？　お前は返信を先延ばしにしているのにか？

喉まで出かかった言葉は、すんでのところで飲み込んだ。今、ここで言う皮肉でもないと、理性が告げたからだ。

満員の車内を、隙間を見つけて縦断し、一号車まで移動する。

トイレはガラス張りの連結ドアを抜けてすぐの場所に設置されていた。

静時の予想通り、これだけの人数が乗っているのに、先客がいなかった。

あいつの予想が外れ、すぐに電車が動き出すなら、それで良い。ただ、この降雪である。最悪の場合、数時間の立ち往生なんて事態も有り得るはずだ。今のうちに身軽な身体になっておくのが賢明だろう。

ハンカチで手を拭いてから、トイレの外に出る。

どういう意図で喋っているのか分からないが、静時は千春の様子を確認してきたらどうだと言っていた。俺は百八十一センチあるから、大抵の乗客より頭一つ高い。背伸びをするだけで、車両の奥まで見通せた。

三条中央高校には制服がないため、パッと見では生徒を判別出来ない。中には私服で登校している生徒もいるけれど、大半の生徒は自分で用意した服を制服代わりにしている。俺は学ランで千春は紺のブレザーだ。

千春は背が低い。この場で見つけることは無理かと思ったが、運良く人の隙間にその横顔が覗いていた。狭い空間を巧みに利用して化学の参考書を開き、怖いくらいに真剣な顔で見ている。

この乗車率だ。

暖房も稼働しているし、車内はむしろ暑いくらいである。千春はコートの前を開け、その頬を少しだけ赤くしていた。

四十分前に、千春が一人で駅のホームを歩く姿を見ている。

一号車に乗り込んだ後も知り合いとは会わなかったようで、あいつは今も一人きりのようだった。

重たい雪が降り積もる夜に、知り合いもいない状態で、動かない電車に閉じ込められたら、普通は不安を覚えるはずだ。

「静時もいるから、車両を移動しないか」

そう声をかければ、多分、あいつは迷いなくついて来るだろう。

人混みを掻き分けて呼びにいかずとも、メッセージを送れば、笑顔で二号車まで移動して来るはずだ。

いつ動くかも分からない電車の中、一人きりでは心許ない。

声をかけるべきだと分かっているのに、その一歩を踏み出すことも、たった一通のメッセージを送ることも、出来なかった。

三人で顔を合わせた後に待ち受ける空気を想像してしまい、結局、俺は一人で、静時が待つ二号車の中ほどまで戻ることになった。


除雪に要する時間は十分とアナウンスされていたのに、電車が動く気配はない。

ありがたくないことに、静時の予想が当たってしまったようだ。

「早かったな。千春に会いに行かなかったのか？」

スマートフォンに目を落としたまま、静時はそう尋ねてきた。

こいつはもともと感情の読みにくい男だが、何の考えもなしに「千春」の名前を口にしたとは思えない。

「集中して参考書を読んでいるみたいだったから。邪魔するのも悪いかと思って」

「なるほど。千春は県内で進学するのか？」

「本人に聞いていないのか？」

聞き返されるとは予想していなかったのか、一瞬の間があった。

「ああ。聞いていない」

「千春の家族は、県内で進学して欲しいみたいだよ。でも、本人は迷っている。お前はどうするんだ？」

「県外に出るつもりだけど、センター試験の結果次第では、新潟大学も選択肢に入るかもな。浪人で時間を無駄にしたくない」

「どうしても行きたい大学があるなら無駄ではないだろ」

そりゃ俺だって浪人なんて絶対したくない。もう一年、この勉強漬けの生活が続くと思うだけでうんざりする。年下の人間と同級生になるのも嫌だ。

だが、ほかに行きたい大学なんてないというのも正直なところである。

「重要なのは、何処で学ぶかじゃなく、何を学ぶかだろ。教えを請いたい教授がいるとか、その大学でなきゃ得られないものがあるなら話は別さ。でも、俺の場合は違う。見てくれの学歴のために、一年、受験生活を長引かせることに意味があるとは思えない」

「そういう割り切り方は、お前らしいね」

静時は昔から何事に対してもドライだった。熱くなっている瞬間なんて、ほとんど見たことがない。

「私立は受験しないのか？」

「妹と弟のことを考えたら、選択肢に入れられないよ」

「立派だね。お前も工学部だよな？」

「もちろん」

「じゃあ、場合によっちゃ一枠減るってことか。憂鬱だぜ」

新潟大学の工学部は九つの主専攻プログラムに分かれているものの、学科は一つである。俺と静時は将来の夢が違うから、入学後のプログラムは別々になるはずだ。ただ、受験時にくぐる門は同じである。

「一人二人のライバルを心配しないといけないような現状なのか？」

「模試でやっとB判定が取れるようになったところだからな。教師にも合格率は甘く見積もって六割と言われたよ。お前は？」

「新大《しんだい》はA判定だね」

「まあ、滑り止めにしようってことは、そういうことだよな」

中学時代から静時は俺より優秀だった。二人の学力差は、三年の時を経ても変わらなかったようだ。

「ちなみに千春も工学部を受けるつもりだぞ」

「あいつも職人の家系だしな。不思議な話じゃないさ」

「志望学部も聞いていなかったのか？」

「そりゃな。聞く機会がない」

でも、さっき千春からメッセージが届いていたじゃないか。それはつまり、中学校を卒業した後も、二人のやり取りが続いていたということの証左だ。

受験直前のこの時期に、電車がいつ動き出すかも分からなかったのに、千春は構内に入ってから、静時に何らかのメッセージを送っている。

それがどんな意味を持つのか、考察出来ないほど俺は鈍感じゃない。

十分ほどお待ち下さいという先般の車内アナウンスに反して、電車が停車してから、既に一時間が経過していた。

この如何ともし難い状況は、一体いつまで続くのだろう。

答えを知る術もないが、今、自分がすべきことをやりながら、時が過ぎるのを待つしかない。受験生にとって、それ以外の時間の潰し方はないはずだ。

普段からモバイルバッテリーを持ち歩いているため、充電切れの心配はない。

狭い車内で、空間を占拠するのも気が引ける。スマートフォンにダウンロードしてあった、大学受験用の英単語アプリを起動したが、上手く頭が回らなかった。

自分の甘さ、弱さに、目眩さえ覚える。

センター試験まで、あと一日半しかないのだ。しかも、俺は分かりやすくボーダーライン上にいる。今日の時間の使い方が勝負を分けても不思議ではない。一秒だって無駄に出来ない。そう分かっているのに、余計なことばかり考えてしまう。

目の前のテキストに集中すべきなのに、千春の顔が脳裏にちらつき、心の焦点が定まらない。

自力ではどうにも出来ないこの状況に、腹立たしさや疲労を感じているのは、俺だけではないようだった。

乗客たちにも、はっきりと苛立ちの色が表れ始めている。

「もしもし。山下《やました》です。すみません。雪で電車が停まってしまって。はい。……はい。申し訳ありません」

扉の近くに立っていた三十代くらいのサラリーマンが、スマートフォンを耳に当てて平謝りしていた。

「あ、もうニュースになっていますか？　そうです。三条の」

少し前から、更けていく夜に不安を覚え、家族と連絡を取る乗客を見かけるようになった。切迫する事情がある人間もいるだろう。非常時の通話に、いちいち目くじらを立てる人間はいない。

「今夜、埼玉には戻れない気がします。……はい。線路で立ち往生していて。……いや、新幹線が動いていても、荷物が長岡なので無理です。……すみません。……分かっています。分かっていますけど、ホテルにもいつ戻れるか」

電車が停まってしまったことを、俺は三十分前に家族にメールで伝えている。

ただ、何故か返信がない。まだ学校に残っているとでも思っているんだろうか。

「無理なものは無理です。……はい。そもそも電車から降りられないので。……朝一ですか？　分かっています。新幹線が動いていれば、もちろん、そのつもりです」

聞こえてくる話から推察するに、この男は長岡を拠点に、日中、三条市で仕事をしていたのだろう。そして、不運にもダイヤの乱れと立ち往生に巻き込まれた。

上りの新幹線であれば、長岡からの最終便は午後十時前後の出発になる。

信越本線が通常通り動いていれば、長岡には三十分もかからずに着く。ホテルが駅前にあるなら、まだ間に合う時間ではあるが、問題はこの停車だ。

「うるせえな。少しは調べてから、ものを言えよ」

相当腹が立っていたのか、通話を切るなり、男は悪態をついていた。

出張先、それも地方のローカル線だ。知り合いに会うわけがないと考えているのだろうけれど、満員電車で不満を口にするなんて浅はかだ。

ただ、この状況に怒りを覚える気持ちは分かる。

疲労から苛立ちを見せているのは、あのサラリーマンだけじゃない。

停車直後は冗談を言い合っていた大学生たちも、気付けば、黙り込んでしまった。

少し前から、ドア付近の席に座った中年の女性が頻繁に咳き込んでおり、傍にいる三条北高校の生徒たちが露骨に顔を歪めている。

子連れの親も、年配の乗客たちも、腰がつらそうだ。

至る所から溜息や愚痴が聞こえてくる。


車内に不穏な空気が立ち込め始めた午後八時過ぎ。

再び、車内アナウンスが流れた。

立ち往生の原因となった電車が巻き込んだ雪は排除出来たが、今度は線路に問題が発生しているらしい。現場に到着した保線作業員が、少し前に人力で線路の除雪作業を開始したとのことだった。

牡丹雪はやむ気配がない。

これでは除雪した傍から線路が雪に埋まってしまう。

「本当に覚悟した方が良いかもな」

アナウンスを聞き終えて、静時が低い声で呟いた。

「作業員が何人いるのか知らないけど、下手したら運行再開は午前様だろ」

「俺たちが除雪を手伝うわけにはいかないのかな」

「手伝おうにも道具がない。そもそも一般人を線路には立たせないさ。この国の社会人は、有事、解決手段より先に、何かがあった場合のことを考える。鉄道会社がリスクのあることはしない」

「つまり乗客は発車を待つしかないってことか」

「ああ。今か今かと待ち続けて無駄に精神を擦り減らすより、早々に帰宅は諦めて、大人しく勉強を続けた方が良い」

立ちっぱなしでは腰にも足にも負担がかかるが、俺たちは十八歳の男子高校生である。どう考えても健康な部類の乗客にカテゴライズされる。

老若男女が閉じ込められた満員電車で、勉強したいから座らせて欲しいなんて、口が裂けても言えない。

人生を左右しかねない大事な決戦の時が迫っているのだ。

割り切って、現実を受け入れて、勉強した方が良い。

分かっている。理性は声高に警告を発している。

だけど、この雪の密室に、ほかならぬ千春も同乗していると気付いてしまったから。

その千春からのメッセージを、静時がずっと無視していると知ってしまったから。

悩んでいる暇などないはずなのに。

気付けば、また千春のことばかり考えてしまっていた。

4

「人を愛することが人生のすべて」

三宅千春は出会った頃から、口癖のようにそう言っていた。

誰に馬鹿にされても、時には先生に窘められても、千春は胸を張って、信念を口にしていた。

心の中心に生まれた曖昧模糊とした感情が、世に聞く「恋」というものだと気付いたのは、いつのことだっただろう。

小学三年生が終わろうとしていたその年の春、俊治さんに転勤の辞令が下った。

娘のために、俊治さんは二年以上、三条市から新潟市まで通勤していたが、新しい勤務地が関西とあっては、引っ越し以外に道はない。問題は、未だに一切家事をこなせない自分が、幼い一人娘を連れていくか否かだった。

難しい選択を迫られた俊治さんは、様々な状況を考慮し、最終的に、千春を実家に残して単身赴任するという決断を下していた。

三宅家には、まだまだ職人としても元気な祖父と、若い祖母がいる。幼い千春が生活に困るということはなかったけれど、母を亡くし、父とまで離ればなれになったのだから、寂しくないはずがない。

それでも、千春は落ち込む姿など誰にも見せずに、日々を精力的に生きていた。

週に二回の水泳も継続したいと、自らの意思を表明していた。

俺たちが通っていたスイミングスクールは、県央で最も規模が大きく、過去にはオリンピアンを輩出したこともある。その指導実績が故に、近隣の市町村から通う生徒も多く、年齢や実力で細かくクラス分けがなされていた。

スクールに通い始めた当初、千春はクロールすら出来なかった。時間をかけて二十五メートルを泳げるようになったものの、いかんせん成長の度合いが遅く、いつまで経っても初級クラスのままだった。

苦手なことを続けるというのは、精神的にも、肉体的にも、難しい。しかし、千春は毎回、楽しそうにスクールに通っていた。

遠目では、ほとんど溺れているようにしか見えない時もあるのだが、いつも練習後は満足げな表情を浮かべていた。

未だに背泳ぎさえ覚束無いのに、何がそんなに楽しいのだろう。

五年生になったばかりのある夜。

帰りの車中で尋ねてみたら、想像もしていなかった答えが返ってきた。

「お母さんも言っていたんですけど、目標があると人生に張りが生まれますよね」

「目標？」

「はい。私、毎回、ぴったり同じタイムで泳ぐことに挑戦しているんです。元気いっぱいの最初の泳ぎでも、疲労困憊になった最後の泳ぎでも」

これ以上の上達は難しいと判断した日から、千春は誰にも言わずに、勝手に、自分だけの目標を掲げていたらしい。

「それ、何が面白いの？　タイムを合わせることに意味なんてある？」

「博人君は同じ数字が並んだら綺麗だと思いませんか？」

知り合って三年以上経つけれど、千春は今でも同い年の俺に対して敬語で喋る。

いや、俺に限らず、誰に対してもだ。父親や祖父母に対してもそうなのだから、もう癖を通り越して、これは生き様なのだろう。

「同じタイムを十回連続で並べるのが、今の目標です」

また理解し難い独特な遊び方を……。

「それ、記録を取っているコーチが不気味に思うだろ」

「今のところは気付かれていないですよ。でも、あとちょっとで殻が破れるねって励まされると、胸が痛みます」

まあ、千春は選手を目指しているわけじゃない。他人には理解し難い挑戦でも、本人がモチベーションを保てるのであれば、それで十分なはずだ。

「博人君には今、目標がありますか？」

「あるよ。同い年にさ、一人、似たようなタイムの奴がいるんだよ。隣の小学校の櫻井って男。分かるかな。ちょっと目つきの悪い五年生」

「前髪で目が隠れていそうな男の子ですか？」

「多分、そいつ。一年前に別のスイミングスクールからやって来て、ずっと、同じクラスなんだけどさ。勝ったり負けたりだから、次の記録会で決着を付けようと思って」

練習の感じでは、五分五分と言ったところだ。

「記録会って来月ですよね。楽しそうです。私も勝負に交ざって良いですか？」

「いや、千春じゃ勝負にならないだろ」

「普通に泳いだら、そうですね。なので独自のルールで参加します。私は目標タイムを事前に二人に伝えるので、プラスマイナス一秒以内なら、大逆転で私が勝利ということで、どうでしょう？」

「いや、どうでしょうって言われても。俺が櫻井に勝っても、お前が目標タイムで泳いだら、千春の勝ちってこと？」

「そういうことです。二人の勝敗は無効になって、突然、私が優勝します」

「スペード3返しみたいなルールだな」

「あ。そのたとえ、上手いですね。私、今日も大貧民をやりたいです」

水泳帰りに、千春は時々、うちで夕食を食べていく。

もちろん、三宅家に食事がないからではない。早くに母親を亡くした千春の生活を心配して、うちの母が定期的に交流の時間を作っているからだ。

女の悩みは女にしか分からない。困ったことがあったら、何でも相談してと、母は千春によくそんなことを話していた。

あの頃、我が家では、夕食の後、皆でトランプをするのが流行っていた。

俺たちが「大貧民」と呼び、地方によっては「大富豪」とも呼称されるそのゲームには、様々なローカルルールが存在する。うちに遊びに来る度に、千春が新しい追加ルールを調べてくるため、毎回少しずつゲーム性が変わって、飽きがこない。

父も母も千春に劣らず負けず嫌いだから、時間が過ぎるのも忘れて、毎夜、真剣にカードゲームに興じていた。

小学校では別のクラスになってしまったけれど、スイミングスクールの送迎時間と、この夕食会を通して、俺と千春はずっと、特別な友人であり続けていた。

一緒に過ごす時間が増えれば、当然、その哲学に触れる時間も長くなる。

三宅千春の思想を知れば知るほどに、風変わりな幼馴染みの存在が、心の柔らかい場所で大きくなっていった。

千春は不思議なくらい本音を隠さない人間だ。

正直者で、正義感が強くて、そのくせ少し変な思考をするから、しばしば周囲の人間とぶつかってしまう。

でも、俺は、そういう千春らしさが好きだった。

だけど。いや、だからこそ。

この胸に巣くう感情が「恋」だと気付き、苦しくなった。

何故なら、出会った頃から、千春が「人を愛することが人生のすべて」と、明言していたからだ。

「愛」なんて大仰な感情は、小学生が語るものじゃない。

理解出来るものでもない。

俺はそう考えているけれど、千春が何よりも大切にしているその指針は、亡くなった春那さんから与えられたものだ。

正直に言おう。

俺は長らく疑問に思っていた。

どうして春那さんは、まだ小学一年生だった娘に、「人を愛することが人生のすべて」だなんて伝えたんだろう。

「愛」どころか「恋」すら理解出来ているとは思えない子どもに、何故、生き方を縛るような目標を与えたんだろう。

ずっと、分からなかったけれど、やがて、もしかしたらと思い当たった。

春那さんは若くして亡くなってしまったから。

でも、人を愛したお陰で、最愛の娘と出会えたから。

だから、自らの人生で最も幸福だった瞬間と、最も正しかった決断を思い、娘に迷いなく最後の願いを、こう伝えた。

「人を愛することが人生のすべて」
「愛すべき人を見つけて、思いっきり愛しなさい」

千春は母から託された言葉を、願いを、胸の一番光る場所に掲げ、誇りにして、生きている。

恥ずかしいことを語る奴だと同級生たちにからかわれても、誰に揶揄されようとも、一切気にしていなかった。

母より大切じゃない人間に、何を言われても関係ない。揺るがない。自分は大好きな母の言葉に従い、愛すべき人を見つける。そして、その人を愛するために生きる。それが、出会った時から変わらない三宅千春の絶対の哲学だった。

でも。だからこそ。

恋を知ってしまった時から、ずっと、胸が痛い。凄く、凄く苦しい。

千春は「愛を探しています」と、誰の前でも平気で口にする。「運命の人が見つからないんです」と、友達の前でも、父親や祖父母の前でも憚りなく話している。

愛を現在進行形で探しているということは、こんなに一緒にいるのに、誰よりも親しい異性のはずなのに、俺自身は恋愛対象として見られていないということだ。

千春が正直者だと知っているから。そこに嘘も照れも一切存在しないことを理解しているから。悔しいし、悲しい。

いつか、あいつが俺以外の誰かを愛してしまう日がくるのではと、想像するだけでつらくなる。絶対に耐えられないと思ってしまう。

俺は怖かった。そう。ずっと、ずっと、怖かったのだ。

大切な千春が、誰かを愛してしまうことが。

俺ではない誰かに、夢中になってしまうことが。

ただひたすらに、時には眠れなくなるほどに、怖かった。

千春は「愛を知りたいです」と、まるで鼻歌でも歌うように、軽率に口にする。しかし、あいつの期待に反して、小学生の間はその時が訪れなかった。

恋というものを、もっと適当に捉えている同級生たちが「好きだ」、「嫌いだ」と、軽々しく口にするその横で、「愛が分かりません」と、日々、嘆いていた。

愛こそすべてと信じているからこそ、確信に足るだけの想いを見つけられず、千春は世界を右往左往していた。

俺と千春が通う中学校には、三つの小学校から生徒が進学してくる。

当然、大所帯だ。クラスの数も増えるから、友人と同じクラスになれる確率も今までより下がってしまう。

入学時のクラス編成では、小学校時代の友人たちとほとんど同じクラスになれなかったものの、スイミングスクールでライバルだった静時と再会することになった。

課外活動を通して、俺たちは既に十分過ぎるほどに仲良くなっていたが、クラスメイトになれば、また一つ、次元の違う密度の交流が生まれる。加えて、一緒にバレーボール部に入部したことで、放課後も同じ時を過ごすようになった。

中学校生活最初の一年間を通して、俺と静時は「友人」から「親友」になる。

性格も、物事の好みも、全然違うのに、それまでに仲良くしていた誰よりも馬があうような気がした。

あいつもまた、俺のことを大切な友達だと感じてくれているようだった。

俺たちが通っていた中学校では、二年生に進級する際にだけ、クラス替えがおこなわれる。残念ながらそのタイミングで、静時とは別のクラスになってしまったが、何の因果か、今度は千春があいつとクラスメイトになっていた。

そして、俺はやがて気付くことになった。

いつの間にか、千春が静時に恋をしていたのだ。


スペード3返しならぬ独自ルールが持ち込まれた、あのスイミングスクールの記録会を通して、二人は小学生時代に知り合っている。

ただ、当時は本当に、顔見知りになっただけだったはずだ。

あの日の記録会で、俺は静時にコンマ一秒の差で勝利している。

一方、目標タイムを二秒も上回ってしまった千春は、二人に負けたと言って、意味不明な落ち込みを見せていた。先生が「ついに新記録だね」と喜ぶ横で、悔しそうに俺を睨んでいた。

そう、千春と静時は、小学生時代からの知り合いではあるが、友達と呼べる仲ですらなかったのだ。それなのに、クラスメイトになった二年間で、千春は、よりにもよって俺の親友に恋をしてしまった。

優しくも残酷な少年時代は、そんな風にして突然、終わりを迎えることになった。

5

電車が再び動き始めたのは、午後八時四十六分のことだった。立ち往生が始まったのは午後七時前だから、実に二時間近くもこの場に留まっていたことになる。

静時は帰宅が午前様になることを覚悟していたが、これなら九時過ぎには家に帰れるだろう。図らずもそう期待してしまったのだけれど……。

電車は信じられないほどゆっくり走っており、振動は感じるのに景色がほとんど変わっていかない。

これは、本当に動いているんだろうか。

運行再開がアナウンスされ、車内に笑顔が戻ったのも束の間、乗客たちの顔には、すぐに険しい表情が戻ってきた。

電車が走っているのか停まっているのかも判然としない状況が、十五分ほど続いた午後九時一分。再び、車両が完全に停止した。

「まだ半分か」

スマートフォンで地図アプリを開いた静時が、現在地を見せてくれた。

電車は今、東光寺駅と帯織駅のちょうど中間辺りで停車しているらしい。

この近辺は線路の周囲に田んぼしかないため、人家の灯りも見えなかった。

「よりにもよってこんなところで停まるとはな。この吹きっ晒しじゃ、風に煽られて、雪が真横からも飛んでくる。再出発が遅くなればなるほど、泥沼にはまるぞ」

もう三時間近く立ちっぱなしだ。さすがに腰も踵も痛くなってきた。

疲労は集中力を奪う。こんな状態で何時間も勉強を続けられるはずがない。

いや、それでも若い俺たちや座れている乗客は、まだマシな方だ。

一日中、仕事をして、ただでさえ疲れているのに、満員の電車で、先の見通しも立たないまま立ちっぱなしでは、精神的にもきつい。

聞こえてくる溜息の数も、重たさも、一時間前の比ではない。

こんな季節だ。コートを脱いでも、厚着をしている状態には変わりない。十分過ぎるほどに暖房が効いているせいで、背中や脇に汗をかいていた。

俺は普段から白湯を入れた水筒を学校に持参している。ただ、こんなことになるなんて予想していなかったから、もうほとんど残っていない。

周りの人間たちも似たようなものだろう。

乗客が多いせいで、物理的な意味でも車内の空気は悪い。こんな状況が続けば、いずれ脱水症状で体調を崩す人間が出てきても不思議ではない。

期待されているのは、何も難しい話じゃない。

電車が動き出すだけで、あらゆる問題が解決する。

運行が中止になるにしても、せめて次の駅まで辿り着ければ、そこから先は、すべての乗客にとって、まったく別種の問題になる。個別の対応も可能になるはずだ。

しかし、このあまりにも酷い降雪のせいで、再出発の見通しすら立っていない。

重たい雪が作る密室に囚われた俺たちは、線路が再び使えるようになる時を、ただひたすら待ち続けるしかない。


集中出来ている自信もないまま、英単語アプリに目を落としていたら、

「鉄道会社は何を考えているんですか？」

不意に大きな声が響き、顔を上げると、換気のために窓を開けて回っていた乗務員に若い男が詰め寄っていた。

「もう何時間も状況が変わってないですよね」

声を荒らげているのは、あの山下とかいう名前のサラリーマンだった。

「ご迷惑をおかけしています。今、順次対応しておりますので」

「具体的に、何時に再出発するのか教えて下さい」

「申し訳ありませんが、私には分かりかねます」

「歩いて駅まで向かえない距離じゃないでしょう？　電車が動かないなら、乗客を降ろすべきじゃないんですか？」

「その判断も私には出来かねます」

「何でですか？　この時間ならタクシーだって拾えますよね。客を閉じ込める権利なんて、あんたたちにないでしょ」

「申し訳ありません。電車が動くのを、お待ち下さい」

確か彼は埼玉からの出張中だったはずだ。鉄道会社の対応に拙さを感じ、怒っているのだろうが、太平洋側の人間は、雪国の冬というものを根本的に理解出来ていない。

雪が数十センチ単位で積もるということがどういうことなのか、吹雪の夜がどれほどの悲劇を生んできたか、まるで分かっちゃいない。

彼が言うように、駅まで歩いて向かえない距離ではないだろう。だが、それはあくまでも地図上での話だ。線路の脇は市街地ではない。街灯もない田園地帯である。

この積雪では、最早、道が何処にあるかも分からない。対策もせずに電車を降りたら、用水路にはまってしまうなんてことも起こり得る。

この季節、俺は何度も田んぼに突っ込んでいる車を見たことがある。愚か者が暴走したわけでも、地震で道が崩れたわけでもない。細心の注意を払っていても、雪に慣れている地元の人間でも、そういう事故がこの季節には起こるのだ。

恐らくこの電車には四百人ほどが乗っている。車掌が乗客を降ろす決断を下したとして、万が一、怪我人や死者でも出たら、鉄道会社は当然、責任を問われる。乗客が望んだ行動だとしても、甘かった判断を確実に責められる。

付近の道路が除雪されているならともかく、現時点では何の対策も打てていないのだから、乗客の降車が認められるはずがない。

地元の人間なら、雪国の人間なら、小学生でも乗務員たちの判断が正しいと分かる。しかし、彼は山の向こう、関東の人間だから理解出来ない。適切な想像力が働かない。

「仕事がある！　やらなきゃいけないことが山ほどあるんだ！　降りちゃいけないって言うなら、代替案を示してくれよ！」

周りの人間が憤る男をなだめ、乗務員は解放されたが、車内に立ち込める嫌な空気は、換気したくらいじゃ払拭出来ない。

苦しいのは客だけじゃない。狭い空間を通り過ぎていく乗務員の張りつめた横顔を見て、また一つ、胸が重くなった。


「三条市が特別警戒宣言を発令したらしい」

スマートフォンに目を落としていた静時が低い声で呟いた。

「特別警戒宣言って何だっけ？」

「警戒宣言は地震の被害を抑えるために、総理大臣が発令する宣言だったはず。でも、今回は『特別』がついている」

「地震以外の警戒宣言ってこと？　それとも総理じゃなく首長の宣言ってことか？」

「いや、俺も分かんないよ。宣言なんて所詮はただの言葉だしな。どれだけ強い警告を発しても、雪が消えるわけじゃない」

天気予報サイトによれば、この降雪は明日の昼まで続く見込みだという。深夜にかけて気温はさらに下がるはずだ。つまり、これは、ただ待っているだけで自動的に解決する事態ではないのである。

この状況が、あとどれくらい続くのか、誰にも分からない。苛立ちや不安を抱えているのは、乗務員も含めて、皆、同じだ。

それでも、俺は一人じゃないだけ、まだマシだろう。

話し相手がいる。愚痴を零せる相手がいる。それだけで随分と気は紛れる。

トイレを使用した後、千春を呼びに行かなかったのは、遠からず帯織に着くと思っていたからだ。しかし、電車の再停車で状況は変わってしまった。

もう認めざるを得ない。

俺たちは立ち往生した電車に閉じ込められてしまった。立派な雪害に巻き込まれてしまったのだ。

人が多いからこそ感じるストレスもある。頼れる友人もいない状況で、この夜を耐え忍ばなければならないなんて、心細いに違いない。

千春をこちらの車両に呼ぼう。

友達三人で固まっていた方が、気持ちも楽になるはずだ。

それが良いと、早くそうすべきだと、分かっているのに、スマートフォンに乗せた人差し指が動かない。

俺は千春に会いたい。

隣の車両に俺たちがいると知れば、あいつも喜んで移動して来るに違いない。

だが、肝心の静時はどうだ？

俺がトイレに向かう前に、こいつは千春の様子も見てきたらどうだと促してきた。千春のことを心配していることは間違いないが、こいつは多分、ずっと……。


千春が恋をしていると気付いたのは、いつのことだっただろう。

中学二年に進級するタイミングで、クラス替えがあって。

俺と静時が離れ離れになった代わりに、千春が静時と同級生になった。

それから、幾つかの季節が流れて。

そうだ。それを確信したのは、中学三年生の六月に実施された修学旅行が終わって、すぐのことだった。ある日を境に、千春が、周りの目も気にせず、静時に熱心なアプローチをするようになったのだ。

当時、静時は一貫して淡泊な反応を見せていた。

静時は人の痛みが分かる男だから、少女の好意を無下に踏みにじったりはしない。それでも、千春に対してははっきりと、その気がないことを言葉と態度で示していた。

だが、相手はあの三宅千春である。

思い込んだら最後、その意志を曲げることなどない。

私の運命の相手はあなただと言って、一歩も怯まずに、静時に愛を伝えていた。

あの頃、静時は、千春のことを、本当は、どう思っていたんだろう。

今、静時は、千春のことを、本音では、どう思っているんだろう。

千春は中学二年生のある時から、陰湿ないじめを受けるようになった。

今でも忸怩たる思いに駆られるのだけれど、千春にも静時にも相談してもらえなかったから、俺がそれを知ったのは随分と後になってからのことだった。そして、いじめが続いていた期間に、たった一人、千春の味方でいた男が、静時だった。

別の教室の雰囲気を知ることは難しい。俺のいない教室で、当時、二人の間にどんな空気が流れていたのか、どんな言葉が重ねられていたのか、今となっては知る由もない。千春のことであれば何でも理解したいのに、怖くて、どちらにも聞いたことがない。

静時が千春の告白を断る姿を、俺も見たことがある。

そう。静時は、何度も、言葉にして自らの意思を伝えている。

しかし、千春は諦めなかった。

その愛をすべてと信じ、真っ直ぐにアプローチを続けていた。

振られた男にいつまでも食い下がる未練がましい女。中学生時代の千春は、端から見ればそういう痛々しい女だった。ただ、あいつがストーカーなんて言葉に当てはまるかと言われれば、それは断じて否だ。

相手が本当に迷惑だと感じているなら、これ以上、話しかけないで欲しいと心底感じているなら、それを悟ったなら、千春は諦めたはずだ。あいつは変わり者だが、真っ当な常識を有し、他者の気持ちを慮れる人間だからだ。

千春は人に迷惑をかけることを嫌う。それが愛する人ともなればなおさらだろう。

では、何故、どれだけ振られても、諦めないのか。

無視されていると気付きながら、何百通もメッセージを送り続けているのか。

答えは一つしかない。

千春は、告白に対する静時の回答が、心からのものではないと信じているのだ。

クラス替えを経て、千春と同級生になった中学二年生の春。

静時は千春のことを「面白い奴だ」と言っていた。少なくとも千春が恋を自覚するまでの一年間は、普通と言って差し支えない友達の距離で接していた。

変わり者の千春と、やはり、自分の哲学を持つ静時は、時に言い合いをしながらも、お互いの考えを尊重し合っていた。

だが、千春が恋に落ちて、歯車が噛み合わなくなった。

俺たち三人は、それまでと同じ温度では、笑い合えなくなった。

静時は普段から、ほとんど自分の話をしない。だから、あの頃、千春にどんな気持ちを抱いていたのかも分からない。ただ、あいつが告白に応えようとしなかった理由だけは、確信をもって断言出来る。

それは、小学生の時点で、俺が千春に片想いしていることを、静時に告げていたからだ。ライバルになるなんて夢にも思わずに、千春が静時に恋をするなんて一ミリも想像せずに、ほとんど雑談みたいな感覚で、自らの想いを教えていた。

友達が好きだと言っていた女子を、自分も好きになった。何処にでも転がっているような、ありふれた話である。友情にはヒビが入るかもしれないけれど、倫理的、道徳的に、咎められるような話ではない。

静時が千春を好きになったのだとしたら、俺はそれを理解出来る。何故なら、ほかならぬ俺が、誰よりも千春の魅力を知っているからだ。三宅千春のような女を知って、恋に落ちない方が無理というものだ。

しかし、静時はそれを自分に許さなかった。

あいつは小学生時代のとある出来事が原因で、俺に深い恩義を感じている。

別に、俺が何かをしたわけじゃない。あいつの命を救ったわけでもない。俺なんかに感謝する必要も、遠慮ずる必要もないと、何度も伝えたのに、義理堅い静時は「いつか絶対に借りを返す」と言って、譲らなかった。

嚙み砕いてみれば、この三角関係は実に単純なものである。

俺は千春に、千春は静時に、恋をしている。

ただし、静時にとって千春は、世界でたった一人、絶対に好きになってはならない女だったのだ。

目が覚めた時　もし　そこにいてくれたら
もう　望むことはなにもないのに

『Romantic connection』なんてタイトルだっただろうか。あの頃、千春が貸してくれた『life is lovely.』というアルバムの中に、そんな歌詞があった。

痛いほどに、その通りだと思ったことを、今でも、はっきりと覚えている。

隣人の幼馴染みは、いつの間にか、かけがえのない存在になっていた。

年を経るごとに、誰よりも守りたい女性になっていった。

好きな人が幸せでいてくれるなら、それで良い。それだけで良い。

そんな言葉に共感する夜もある。心からそう感じられたなら、どんなに良かっただろうと嘆いた朝もある。だけど、現実は、感情は、思い通りにならなかった。

千春に幸せになって欲しい。本気でそれを望んでいるのに、あいつを幸せにする男が自分以外の誰かだとしたら、そんな未来を受け止め切れる気がしない。

その相手が静時でも。誰よりも認めている親友だとしても。

きっと、愛を思い知った心は、耐えられない。

三宅千春と生きられない未来など、絶望でしかなかった。

同じ姿勢を保ち続けるのは、きつい。

参考書を閉じた静時が、身体を器用に捻って両腕を上に伸ばし、大きく伸びをした。

電車が再停車してから、既に一時間以上経っている。

先程、保線作業員が除雪を続けているとのアナウンスが流れたが、運行再開の見通しについては触れられなかった。

疲労から濡れた床に座り込む乗客も増えてきている。

三条駅で席を譲られた年配の女性が、替わりますと申し出てくれたけれど、静時は迷うことなく、その権利を別の乗客に渡していた。

「この電車の立ち往生は、もう大きなニュースになっているみたいだ」

現在、ここは陸の孤島のようなものだが、スマートフォンが一台あれば、車外の情報をリアルタイムで知ることが出来る。

「やっぱり、これは結構な非常事態ってことだよな」

「立派な災害だよ。ＪＲがラッセル車の投入を決めたって記事も出ている」

「ラッセル車？」

「除雪用車両だってさ。電車の前面に排雪板が装着されていて、雪を掻き分けて進めるらしい」

「なるほど。それがあれば線路の除雪も一気に終わるよな」

「どうだろう。ラッセル車が何処から出発するかによっても変わるんじゃないか。都合良く近くにあれば良いけど、この記事だけじゃ詳細は分からない」

それでも、事態改善に向け、鉄道会社が策を打っているというのは朗報だ。

正直、人力の除雪でどうにかなるような天候ではない。

「静時。スマートフォンの電池は大丈夫か？」

「そろそろ気にした方が良いかもな。三十パーセントを切っている」

「じゃあ、これを使えよ」

持参していたモバイルバッテリーを渡す。

「ありがとう。用意が良いな」

「地震に水害に色々と経験してきたからな。父親が災害対策にうるさいんだ。高校生になってすぐに持たされた」

「良いことじゃないか。実際、こうして助かっている」

静時が充電を開始したのを確認してから、気になっていたことを尋ねてみることにした。平生の声で、出来るだけ平静を装って。

「お前、俺と会ってすぐに、乗換案内のアプリを確認したよな」

「ああ」

「あの時、千春からのメッセージが届いたよな」

「ああ。届いたね」

時刻はもう午後十時半を回っている。

メッセージの受信から四時間が経った今も、俺たちは帰宅出来ていない。そういう意味では、状況は何も変わっていないわけだけれど、夜というのは、ただ更けていくだけで、感情の有り様を変える。

「返信はしたのか？」

ずっと気になっていたそれを問うと、静時の顔に薄らと笑みが浮かんだ。

「ようやく質問してきたな。いつ聞いてくるのかなと思っていたよ」

俺にあのメッセージを見られたことを、やはり、こいつも気付いていたのだ。

「千春からのメッセージは読んでいない。だから、返信もしていない。今のところ、するつもりもない」

目に穏やかな表情を湛えたまま、含むところのない声で、静時はそう言い切った。

「もう一つ、質問して良いか？」

「一つと言わず、気になることがあるなら、何でも聞けよ」

三年前から、ずっと、聞きたくて、でも、今日まで口に出来なかった質問がある。

「お前が赤羽高校に進学したのは、俺に気を遣ったからか？」

中学時代、千春も含めて俺たち三人は全員、三条中央高校を第一志望にしていた。

新潟市や長岡には、よりレベルの高い学校がある。学力的に手が届かないわけでもない。ただ、通学に要する時間を考えれば、ほとんど選択肢には入らなかった。

静時も三条中央高校を受験すると言っていたのに、こいつは土壇場で、友達にも何も言わずに、進学先を新潟市にある私立高校へと変えた。

もちろん、誰が、どんな高校に進もうと自由だ。

でも、よほどの事情がない限り、三条で暮らす生徒が赤羽高校を選ぶ理由はない。進学実績も似たり寄ったりだし、スポーツに力を入れていて、サッカー部が特に強いと聞くけれど、ほかにはこれと言った特徴もない。交通費も馬鹿にならない上、私立だから学費も高い。

静時が突然、受験先を変えた理由は、一つしか思いつかない。

あいつはきっと、俺の恋を邪魔したくなくて、千春と距離を取るために、わざわざ遠い新潟市の高校に進学したのだ。

「博人」

「何だよ」

「赤羽は良い高校だよ。サッカー部のお陰で、毎年、この季節は高校選手権を楽しませてもらった。今年もな」

新潟県は全国でも有数のサッカー王国だ。年度によっては、Jリーグの観客動員数が一位になることもある。若者も、老人も、性別も関係なく、県民は皆、地元クラブのアルビレックス新潟に夢中であり、それは俺たちも同じだ。だけど、

「お前、高校サッカーになんて興味ないだろ」

昔、言っていたじゃないか。

一流選手は高校生なら、もうプロでプレーしている。世代のトップも、プロクラブのユースチームもいない大会なんて、見る価値がないって。

「博人。俺はお前に借りがある」

「ないよ」

こっちが断言しているのに、静時の顔に浮かぶ微笑は変わらなかった。

「あるんだ」

「俺がないって言ってるんだから、ないんだよ」

「知っているだろ。俺は、お前に借りを返さなきゃいけない」

言い返そうとしたその時、ポケットに入れていたスマートフォンが、振動で着信を伝えてきた。

取り出すと、発信元は父親の携帯電話だった。

状況が状況である。停車中に短い通話をする乗客を、これまでに何人も見てきた。

心配する家族と話すことを責める人間なんていない。通話に応じても、咎められることはないだろう。

スマートフォンの画面を見せて、着信相手が父親であることを示すと、静時は応じた方が良いと促してきた。

電車に閉じ込められていることは、既にメールで伝えてある。息子の状況を理解した上で、父がわざわざ電話をかけてきたのは何故だろう。

試験直前の息子が心配で居たたまれなくなったのかもしれないが、現状、俺たちは遭難したわけでも、身の危険を感じているわけでもない。

車内の状況だけ伝えて、すぐに切ろう。

『博人。電車はまだ動きそうにないか？』

開口一番、父親に早口で問われた。

「そうだね。出発の目処が立ったって話は聞こえてこない」

『そうか。落ちついて聞いてくれ。じいちゃんの容態が急変した』

「え……」

祖父は先月から市内の総合病院に入院している。

そして、俺はお正月しかお見舞いに行けていない。

『今、母さんと病院にいる。お前が駅に着いたら迎えに行くつもりだったけど、動けないかもしれない。医者にも覚悟して欲しいと言われている』

「今晩が山かもしれないってこと？」

『分からない。何度か似たようなことはあったからな。でも、よりにもよって、どうしてこんな日に。とにかく俺たちは家にいない。もしかしたら明日も』

「分かった。でも、それなら俺も病院に行きたい」

『センター試験は明後日だろ。今は自分のことだけを考えろ。きっと、じいちゃんも、お前にはそうして欲しいはずだ』

「でも……」

『母さんも話したいみたいだから替わるぞ』

父の震える声なんて初めて聞いたかもしれない。それだけまずい状況なのだ。

『博人？　大丈夫？』

間を置かず、切迫した母の声が届いた。

「大丈夫ではないけど、そっちに比べたらマシだと思うよ」

『駅についたら必ず連絡して。お母さんだけでも帰って、ご飯を用意するから』

「カップラーメンか何かを食べるから、俺のことは気にしないで」

『そんなの駄目。試験は明後日なんだから、ちゃんと栄養のあるものを食べないと。お父さんは病院に泊まることになるかもしれないけど、私は様子を見て帰るから』

「いや、大通りはともかく路地の運転は無理でしょ。やめた方が良いよ」

うちの家の前は袋小路になっているから、除雪車も入ってこない。

『明後日は必ず試験会場まで送るから、心配しないで。博人は自分の体調と、試験のことだけ考えて』

そりゃ、俺だって出来ることならそうしたい。

大学に落ちたって死ぬわけじゃないが、少なくとも人生は変わる。

この半年間、家族はずっと、俺が受験だけに集中出来るよう、配慮し続けてくれていた。夜食だって毎晩のように作ってもらっていた。期待されていることも、応援されていることも、よく分かっている。

だけど、この町の職人たちのために生き、働いてきた祖父は、憧れなのだ。

尊敬しているのは、働く姿だけじゃない。

子どもの頃から散々面倒を見てもらってきた。唯一の特技と言って良いギターも、校内大会で優勝した将棋も、祖父から習ったものだ。

若者のカルチャーに理解があり、弁が立ち、手先も生き方も器用な人だったから、俺は困ったことがあると、両親ではなく、まず祖父に頼るようにしていた。

バレーコードのFで早速挫折しかけた時、裏技があると言って省略コードを教えてくれたのも、静時の棒銀戦法に苦戦していた俺に、相性の良い三間飛車の指し方を教えてくれたのも、祖父である。どんなに疲れていても、子どもの遊びに、いつだって本気で向き合ってくれる格好良い大人だった。

祖母が死んだ時にも、身を切られるような哀しみは経験している。

こういうものが順番だということも、もうすぐ八十歳になる祖父が、いつまでも健康でいられるはずがないことも分かっている。

だけど、俺は祖父が大好きだから。尊敬しているから。

今夜が山だというなら、今すぐ病院に駆け付けたい。

傍にいたい。

でも、こんな状況じゃ、お見舞いどころか、帰宅が何時になるかも分からない。

通話を切ると、静時が俺の肩に軽く手を乗せた。

「考えても仕方のないことで悩まない方が良い。今、ここから動けないことは、お前のせいじゃない」

「分かっているよ」

そんなこと、言われなくても分かっているけど。

でも、どうして、こんな日に、俺たちが。そう思ってしまう心を止められない。

祖父が自宅で倒れた時から、ある程度、覚悟はしていた。

だけど、よりにもよって、何でこんなことが続くんだ。

6

電車が最後に停車したのは午後九時過ぎだ。

あれから、もう二時間が経っている。

特別警戒宣言が発令され、除雪用車両であるラッセル車の投入が決まったのに。

自治体も、ＪＲも、この立ち往生をどうにかしようと頑張っているのに。

未だ事態は前進していない。

一時間に一度くらいの頻度で車内アナウンスが流れているが、いまいち要領を得ず、乗客の不安をかき消すには至っていない。

人口密度が高いせいで、酸素が足りていないからだろうか。

それとも、疲労と不安で心までざわついているからだろうか。

頭の中も、心の中も、ぐちゃぐちゃだった。

静時は目の前で、涼しげな顔で参考書に目を落としている。

どうしてこいつは、こんなにも冷静でいられるんだろう。

俺は無理だ。どうして俺が、よりにもよって今日、災害に巻き込まれなきゃいけないんだと思うだけで、胸が苦しくなる。考えたって仕方ないのに、後悔しても意味がないのに、何でもう少し早く帰らなかったんだと、自分を責めてしまう。

どうにもならない現状に、ただただ不満を募らせていた午後十一時過ぎ。

車両の後方で、突然、乗客たちがざわめき始めた。

何だ？　揉め事でも起きたのか？

最後に電車に乗った乗客ですら、もう四時間以上この状態だ。遅々として改善しない事態に、不満を爆発させる人間が現れても不思議ではないが。

参考書から顔を上げた静時の肩に手を置き、目一杯背伸びをすると、誰かがうずくまっているらしいと分かった。

「すみません！　通して下さい！」

乗客の体調不良を車掌に知らせるためだろうか。若い男が二号車の縦断を始め、人垣が割れたことで、状況が俺たちの目にも明瞭になった。

苦しそうな顔で、四十代くらいの男性が床に座り込んでいる。

「脱水症状かもしれない。すぐに救急車を呼んだ方が良い！」

「医者か看護師はいませんか？」

周囲の人々が口々に声を上げたが、手を挙げる者はいなかった。

今すぐ救急車を呼んで、あの男性だけでも電車から降ろすべきだ。そう、皆、分かっているけれど、この電車は現在、田んぼの真ん中に取り残されている。

男を運び出そうにも、肝心の救急車が何処まで電車に近付けるか分からない。

この二号車だけでも百人以上の乗客が、水も食料もろくにない状態で閉じ込められているのだ。

溜まるのは疲労だけじゃない。ストレスも、不安も、時間と共に蓄積していく。

彼はこの車両で、目に見える形で体調を崩した初めての急病人だ。そして、倒れる乗客がこれで最後になるとも限らない。

祖父の容態急変を知らされてからは、若い俺ですら、めげそうなのだ。

このまま立ち往生が続けば、いつ別の乗客が異変を訴えても不思議ではない。


雪かきに奔走していたからか、乗務員が現れるまで予想以上に待つことになったが、二号車に到着後の彼らの対応は素早かった。

乗務員たちが線路に近付けるギリギリまで救急車を呼び込んだらしく、体調を崩した男性は、到着した救急隊員に付き添われ、車外へと運び出されていた。

数時間振りに電車のドアが開き、冷えた外気が一気に流れ込んでくる。同時に、荒れ狂う吹雪が視界の先に広がった。

一面の雪景色なんて見飽きている俺ですら、言葉を失うほどの荒天だった。

文字通り、警報級の雪が降っている。少なくとも二号車の窓からは、救急車の明滅するライトは確認出来なかった。サイレンの音も聞こえなかった。救急隊員がやって来たとはいえ、目と鼻の先まで救急車が近付けたわけではないはずだ。

この雪害は既に全国ニュースになっている。対応に当たっているのは、鉄道会社だけじゃない。きっと、自治体からの出動要請を受けて、除雪車が付近の道路から雪をのけていたのだろう。

現場近くの除雪が完了し、ある程度、近くまで車が入って来られるのなら……。

「すみません！」

乗務員たちが戻ってくると、聞き覚えのある声が上がった。

ドアを閉めた乗務員の前に、例のサラリーマン、山下が立っていた。

「体調を崩した人間を降ろせるんなら、俺たちも解放してもらえませんか？」

「あの方を運び出せたのは、あくまでも救急隊員が来てくれたからなので」

「救急車は救急隊員が歩いて往復出来る距離まで近付けたんでしょ？　だったらバスか何かを手配して、乗客を輸送したら良いんじゃないんですか？」

「この状況を一刻も早く解決すべく考えておりますので」

「だから、それが解決するのはいつなの？」

「アナウンスをお待ち頂ければ幸いです」

「おい。待てよ！」

　立ち去ろうとした乗務員の肩に手をかけ、山下が声を荒らげる。

「この電車に乗ってから、何時間経ったと思っているんだ！　あんたらが無能なら、もう無能で良いよ。期待しねえからドアを開けてくれ！　歩いて駅まで向かうからよ」

「ご意見は承りました。指示をお待ち下さい」

「お前、今、適当にあしらっただろ？　何もタクシーを呼べって言ってるわけじゃねえんだ。ドアを開けて降ろせって言ってんだよ！　そのくらい、お前一人の判断で出来るだろ。こっちは時間がねえんだよ！」

「お客様全員を駅まで安全に輸送するための方法を考えていますので……」

「何時間考えてんだよ！　舐めてんのか？　あれか。ここで俺も倒れたら良いのか。そうすりゃ救急車を呼んでくれんだろ？」

「申し訳ありません。隣の車両も確認しなければならないので」

露骨な舌打ちを見せる山下に頭を下げ、乗務員は逃げるように去って行った。

言葉遣いも、態度も、恥ずかしい大人のそれに違いなかったが、彼の主張がまったく理解出来ないかと言われれば、そんなことはない。

焦っているのは、すぐにでもこの状況から解放されたいのは、俺も一緒だ。

電話で喋った時、父親には、今は自分のことだけ考えろと諭された。祖父もそれを望んでいるはずだという言葉も、きっと、その通りなのだろうと理解出来た。

しかし、心が、細胞が、どうしても同意してくれない。

こうしている間にも、祖父が死んでしまうかもしれないのだ。

倒れた男が運び出された時に、外の景色は確認出来た。

ほとんど横殴りの雪が降る中、氷点下の車外に四百人以上いる乗客が出て行ったら、絶対に二次災害が起こる。そう確信しているから、鉄道会社は乗客の降車を認めない。

理屈は分かる。雪の恐ろしさだって理解している。

だけど、納得出来ない。

本当に、いつまで、こうして待たなければならないんだろう。

投入された除雪用車両は、まだ現場に到着しないのか？

容態が急変したという祖父は、今、病院で……。

間近で動揺する友人に気付き、静時が励ましの言葉をかけてくれたけれど、鼓膜には届いても、心にまでは響かなかった。

こんなところに閉じ込められて、祖父の死に目にも会えず、もしもセンター試験まで失敗してしまったら、俺の人生は……。

たかが雪のせいで。見慣れた大雪のせいで。

ちくしょう。どうすれば良いんだ。

この雪の密室で、俺に出来ることはないのか？

教えてくれ。

誰でも良いから、この最低最悪な状況から抜け出す方法を教えてくれ！


「静時君」


その時、不意に、背後から柔らかな声が聞こえた。

弾かれたように振り返った先に、彼女が立っていた。

「どうして、ここに」

「この車両、さっき騒がしかったじゃないですか。何があったんだろうって覗いた時に、二人がいることに気付いたんです」

その潤んだ瞳が見つめているのは、俺ではなかった。

厚手のコートを右手に抱えた制服姿の彼女が、半ば睨むような眼差しで、俺の隣に立つ男を見つめている。そして、

「静時君。もう逃げるのはやめて下さい」

今にも泣き出しそうな顔で、そう告げられた。

第二部　月の灯

1

二〇一八年一月十一日、木曜日。

その日、北信越地方に最強の寒波が到来することは、何日も前から予想されていた。

俺が通う私立赤羽《あかばね》高等学校は、新潟市の中央区に位置しており、三条《さんじよう》市にある自宅からは、最速で電車とバスを乗り継いでも一時間以上かかる。

「土曜日にはセンター試験でしょ。明日と明後日は学校を休んだら？」

「天気も悪いみたいだし、俺もその方が賢い気がするぞ」

前夜、両親は共に、学校を休んだらどうだと勧めてきた。

提案を受けるまでもなく、それは選択肢の一つとして考えていた。

赤羽高校では十一月からセンター試験対策の特別授業が始まっている。

クラスの垣根を越え、必要な科目だけを選択出来るカリキュラムになっており、各教科に評判の良い教師が割り当てられているのだ。実際、これまでも有意義と感じる授業が多かった。

俺は乗り物酔いをしない。人混みも気にならない。だから、電車やバスの中では、むしろ自宅より集中出来ると感じることがある。

悪天候を知りながら、いつも通り登校すると決めたのは、ウィークポイントである古典の授業に出たかったからだ。その特別授業は、年間を通して一切の課題、宿題を出さず、授業だけで効率よく生徒の成績を上げていくと評判の名物教師が担当していた。

件の国語教師、舞原世怜奈《まいばらせれな》は、「レッドスワン」の愛称で全国的にも知られる男子サッカー部の顧問を務めている。まだ二十代の女性教師ながら、今年度もチームを率いて全国高等学校サッカー選手権大会に出場しており、つい三日前まで大舞台で戦っていた。

目当ての古典の特別授業は、午前の二限目である。

受講希望者が多いからか、今日も一般教室より大きな社会科教室が割り当てられており、悪天候の中、六十人を超える生徒が出席していた。

参加者の中には、サッカー部の生徒もちらほらと見受けられる。

既に推薦で進学先が決まっている生徒も何人かいるようだが、それ以外の生徒は、全国の頂点を目指す傍ら、受験勉強も続けていたということだろう。精神的にも、肉体的にも、タフな奴らだった。

「櫻井静時《さくらいしずとき》君。ちょっと良いかな」

授業が終わり、社会科教室を出たところで、舞原先生に呼び止められた。

三年間、彼女が教科担任だったことはない。当然、喋った記憶もゼロだ。

「君、三条市の生徒だったよね。通学に一時間くらいかかるでしょ」

「はい。どうして知っているんですか」

「そりゃ、受講希望者のプロフィールには目を通すもの」

今やこの日本でも、高校サッカーは、最もチーム数、部員数が多いスポーツだ。しかも、新潟は全国でも有数のサッカー王国である。最大のメジャー競技で、毎年チームを全国に導いている知将とはいえ、まったく接点のない生徒の住んでいる場所まで記憶しているというのは驚きだった。

「私、サッカー部の顧問でさ」

「この学校で、それを知らない生徒はいないと思いますよ。高校選手権、おめでとうございます」

「あら。知っていてくれたんだ。ありがとう。じゃ、話は早いね。あそこにマイクロバスが停まっているでしょ」

舞原先生が窓から階下を指差す。

やまない雪の向こう、教員玄関前のロータリーに、大型バスが停まっていた。

「一年かけてチームを作ってきたのに、トーナメントの山が違うせいでライバルと戦えないのは残念じゃない。有志の学校で集まって、明日から合同合宿をやるの。授業後に埼玉まで移動する予定だったんだけどね。寒波のせいで天候が読めないでしょ。高速道路が通行止めになっても困るから、私たちはこの足で向かうことになった」

なるほど。だからサッカー部の連中は授業終了と同時に飛び出して行ったのか。

「櫻井君、特別授業は何時まで?」

「五限まですべて入れています」

「そっか。せっかく学校まで来たのにという気持ちもあると思うけど、今日は早めに帰った方が良いよ。在来線はちょっとしたことでも停まるでしょ。センター試験まであと二日だしね。コンディション調整を優先した方が賢い」

それを伝えたくて、喋ったこともない生徒に話しかけてきたのか。

「あの、一つだけ良いですか。先生に聞いてみたいことがあったんです」

「うん。どうぞ」

「テレビでインタビューを見ました。先生のファーストプライオリティってサッカーなんですよね? サッカー部の顧問になりたくて教師になったって」

「そうだよ。同僚の先生たちには良い顔をされないけどね」

「じゃあ、どうして特別授業まで担当されているんですか？　先日まで全国大会を戦っていたわけですし、外してもらえますよね」

「大勢の生徒が私の授業を希望してくれたんだもん。断らないよ」

「先生が生徒を大切にしていることは、授業を受けて理解出来ました。でも、より重要な案件があったわけじゃないですか」

「君は大切なものが二つあったら、優先順位を付けるの？」

「それが普通だと思います」

「じゃあ、私は我が儘なのかもね。欲しいものは努力と工夫ですべて手に入れる。そうやって今日まで生きてきたから。昔、ブルーハーツも歌っていたけどさ。諦めるなんて死ぬまでないのよ。若い子は知らないか」

奇想天外な思考に冷静と情熱が同居している。

この人は極めて特殊な部類の教師だ。

参考になんてならない。真似をしても火傷するだけだ。

そう頭では分かっているのに、少しだけ、ほんの少しだけ、本音の部分で格好良いなと思ってしまった。

諦めるなんて死ぬまでない。そんな風に覚悟を決めて生きていけたら、日々に積もりゆく重力みたいな後悔を、軽く出来るのだろうか。

「古典は受けていないけど、君のクラスにもう一人、三条出身の女の子がいたよね」

「はい。樺沢《かばさわ》って奴がいます」

「その子にも会ったら伝えておいて」

「分かりました」

「じゃ、センター試験、頑張ってね」

今日は友人も軒並み学校を休んでいる。

四限目の授業が終わり、一人、窓際の席でお弁当を食べながら、酷くなっていく一方の空模様を眺めていた。

サッカー部の連中は、もうトンネルを抜けて関東に入っているはずだ。

雪がやむ気配はない。それどころか牡丹雪は厚みを増しているようにさえ見える。

時間がない中、気にする義理もない生徒に、わざわざ舞原先生が声をかけてきたのは、この荒天を見越してのことだ。五限まで特別授業を申し込んでいるが、本当に早退した方が良いのかもしれない。

だが、せっかく一時間も電車に乗って登校したのだからという気持ちが、理性の邪魔をする。

白銀にのみ込まれていく景色に焦りを覚えながら、結局、俺は予定通り五限まで特別授業に耳を傾けてしまった。

午後三時十分。

新潟駅に到着すると、案の定、ダイヤが大幅に乱れていた。

各地で駅員が除雪作業に追われており、発車の目処が立たないらしい。

幸いと言って良いかは微妙だが、やるべきことは幾らでもある。ダイヤが乱れようと、列車が途中で停まろうと、受験生なのだから勉強するしかない。

二号車の中ほどのボックス席に座り、参考書を開いて、運行再開を待つことにした。

信越本線、新潟発長岡行きが動き出したのは、午後四時二十五分のことだった。

実に七十八分遅れでの出発である。

スマートフォンで帰宅予想時刻を確認していたら、メッセージアプリが振動で受信を告げた。

メッセージを開かずとも通知画面で送信相手は知ることが出来る。

この時期、俺にわざわざ連絡を寄越すような人間など限られている。

予想通り、送り主は中学時代の同級生、三宅千春《みやけちはる》だった。

ホーム画面の通知欄に、メッセージの冒頭二行が表示されている。この降雪について心配するような書き出しだったが、それで伝えたいことが終わりなのか、あくまでも枕詞みたいなもので、本題が後に続いているのかは分からなかった。

俺はもう何ヵ月も千春からのメッセージを無視している。

今日もメッセージを開くつもりはない。

このアプリでは受信相手がメッセージを読んだか否かが分かる。もうずっと、意図的に無視されていると気付いているくせに、千春はメッセージを送り続けてきていた。何なら、最近は冒頭の二行だけで内容が完結するようなメッセージも多い。

こちらが暗に拒絶の意思を伝え続けているのに、あいつは変わらない。

変わろうとしない。

諦めない。揺るがない。

今は受験以外のことなんて考える余裕がないのに。気持ちを囚われるべきじゃないのに。開いた参考書に目を落としても、なかなか集中出来ない。

こうして少なからず心が乱されているわけだから、千春の行為も無駄ではないということなのかもしれなかった。

午後六時四十分。

新潟駅出発から実に二時間以上かけて、電車は三条駅に到着した。

自宅のある帯織《おびおり》駅までは、あと二駅である。保内《ほない》駅の前で停電まで起きた時は、本当にどうなることかと思ったが、無事に家まで辿り着けそうだ。

帰宅帰りの学生や社会人が列をなして電車を待っており、扉が開くと、普段では考えられないほど多くの乗客が乗り込んで来た。

なだれ込んで来た人々の中に見知った顔を見かけ、呼び止めると、俺に気付いた友人の顔がほころんだ。

「よう。久しぶり」

中学時代の同級生、石神博人《いしがみひろと》は、この駅が最寄りになる三条中央高校の生徒だ。

当然、同じ受験生でもある。こいつも学校で勉強していたのだろう。

「何度も停まっていたんだろ。結構、乗っていたんじゃないか?」

「ちょっと待って」

博人の後に乗車してきた年配の婦人に席を譲り、立ち上がる。

「もう二時間以上、乗っているよ」

「災難だったな」

「まあね。でも、どうせ帰っても勉強するだけだ。停電になった時は焦ったけど、集中して参考書に向かえていたから、意外とあっという間だった」

中学卒業後も博人とは週末によく遊んでいたけれど、それも受験勉強が本格的に始まるまでのことだ。つまり久しぶりの再会だったわけだが、気の合う仲間の前では、離れていた時間など然したる意味を持たない。数ヵ月振りだろうと、数年振りであろうと、距離感なんて三秒で元に戻る。友達というのは、きっと、そういうものだ。

スイミングスクールで博人と知り合ったのは、小学四年生の春だっただろうか。出会った頃は、お互い剝き出しの対抗心を抱いていたように記憶している。

博人は何故か一番負けたくない相手だった。記録会の度に分かりやすくタイムを競う相手だった。やがてどちらからともなく喋るようになり、自然と友達になったけれど、共有していた空気が決定的に変わったのは、多分、小学五年生の真冬のことだった。

長く忘れていたが、博人との関係が特別になったあの日も、今日のように、朝から世界を白一色に染め上げるような雪が降っていた。

2

水泳選手を目指したことも、アスリートに憧れたこともない。

小学生になってすぐにスイミングスクールに通い始めたが、親に勧められたから以上の理由はない。さらに言えば、父親が水泳を勧めてきたのも、他の習い事より月謝が安かったからである。

それでも、黙々と一つのことに集中出来るこのスポーツは性に合っていたらしく、どんどん上達していった。

コーチの計らいで、途中から市内の有名スクールに移籍する程度には、真剣に打ち込んでいた。

高い志を抱いているわけではなかったが、同い年の男子に負けたら、それは悔しい。一緒に習っている生徒の中でくらい一番になりたい。蛙が暮らす井戸よりは広いスイミングスクールで、毎週、ライバルたちとしのぎを削っていた。

別の小学校に通う石神博人のことは、スクール移籍後、早い段階から意識していた。

記録会の度に勝敗がひっくり返る。

自由形で勝ったと思ったら、平泳ぎで負けてしまう。

いつも僅差の勝負が続き、気付けば最大のライバルになっていた。週に二回会うだけの顔見知りなのに、不思議と学校のクラスメイトよりも気になる存在だった。

とはいえ、喧嘩をしているわけでも、お互いを嫌っているわけでもない。

気付けば、休憩時間にアニメや漫画の話をするようになっていたし、いつしか、中学生になったら同じ部活動に入ろうなんて話題で盛り上がるようになった。


それは、小学五年生の終盤、真冬、二月の出来事だった。

三ヵ月に一度の記録会で、その日、俺は初めて全種目で博人に勝利した。

最大限のパフォーマンスを発揮するには、心技体が重要だと聞く。あの日の俺は、所謂、ゾーンみたいなものに入っていたのかもしれない。

当然、博人は悔しがった。

あの頃、あいつはどんどん身長が伸びていて、出会った頃はほとんど変わらなかった背丈が、五センチ以上開いていた。身長が高くなれば腕と足も長くなる。水泳の場合、腕が長くなればストローク動作時の遠心力も大きくなる。

体格という分かりやすいアドバンテージを手に入れ、自信を持っていたからか、タイムが出揃うと、博人はいつも以上に落胆していた。そして、着替えるより早く、

「次の記録会では、絶対に勝つ」

真剣な眼差しで、そう宣戦布告をしてきた。

たかだか習い事の、それもスクール内の記録会だ。勝っても負けても死ぬわけじゃない。長い目で見れば、俺たちの人生には、何一つ影響を及ぼさない。小学生の、子どもの、何てことはない個人的な勝負である。

それでも、二年近く競い合ってきたライバルだったから。俺にとっても友達に勝つことが一番のモチベーションになっていたから。気持ちはよく分かった。あいつの悔しさが痛いほどに理解出来た。だから、

「次はないよ。悪いけど、勝ち逃げだ」

隠したくなかった。

こいつにリベンジの機会を与えてやれないことも、中学生になったら一緒の部活に入るという約束を守れそうにないことも、正直に話そうと思った。

「何でだよ。まさか、お前、もうスクールをやめるのか？」

「いや、引っ越すんだ」

「引っ越すって何処に」

「新潟市」

「どうして。だって、お前の父親は……」


新潟県と聞き、世間の人々がイメージするのは、のどかな田園風景と豪雪だろう。三条市の人口は、新潟市、長岡市、上越市に次ぐ、第四位だ。新幹線も停まるし、県内では人口の多い市になるが、都市と呼ぶには些か心許ない。中心部から少し外れただけで、一面の田んぼが広がるからだ。完全なる車社会であり、公共交通機関だけで生活出来る大人の方が珍しいはずである。

そんな町で、父は老舗と言って良いカトラリーメーカーを経営していた。

会社の歴史は実に古く、曽祖父がこの地で鍛冶工房を開いたのが、そもそもの始まりらしい。

櫻井家は昭和中期よりカトラリー製品の生産に着手し、機能性と耐久性を備えた商品を、全国各地の飲食店やホテルに提供してきた。祖父も、父も、長く日本の洋食文化と共に働いてきた男たちだった。

職人が丁寧に磨いて作る高品質なステンレス商品は、劣化しにくい。

しかし、耐久性に優れているということは、高頻度で買い換える必要がないということでもある。質が良いからこそ、リピーターが生まれないという皮肉な状況が生まれていた。

こだわり抜いて作った小ロットの高級ラインだけでは、経営が成り立たない。

祖父も、父も、様々なアイデアを具現化し、時代に寄り添いながら経営を続けてきたが、安価な商品には、また別種のライバルが存在する。

問題は国内市場の競合だけに留まらない。新興国の工業化により、輸出市場も激化しており、単に値段の安い商品を開発するだけでは、時代に抗えなかった。

良い商品を作っても、自動的に売れるわけじゃない。顧客に知ってもらえなければ、そもそも勝負のステージに立てない。

職人として生きてきた男たちにとって、情報化社会への対応は、良い商品を作るより何倍も難しいことだった。

情熱も技術もあるのに、それを求める客に届かない。

必然、会社の体力は削られていく。

景気低迷に伴う売上の減少で、祖父と父は何年も前から倒産を覚悟していたらしい。

そして、俺が小学五年生になって迎えたあの年の冬、二人はついに会社を畳むと決めた。ジリ貧の会社をこれ以上続けても、赤字が嵩むだけだと判断したからだ。

記録会で勝ち逃げしてしまうこと。

中学校で同じ部活に入ろうという約束を守れないこと。

我が家の事情を説明し、謝罪すると、博人は言葉に詰まってしまった。

そりゃ、そうだ。家族の苦悩を知っても、俺に出来ることがなかったように。

友達の家が苦労していると聞いても、小学生に差し出せる手はない。


雪が降り積もった町は、日が落ちた後もほんのりと明るい。

消雪パイプが作る濡れた道は、白銀の世界で生まれる轍だ。

スリップの心配はいらないけれど、溜まった水に足を取られることもある。

帰りの車中、父親はいつにも増して真剣な顔でハンドルを握っていた。

「スクールの友達に引っ越すことを話したよ」

「……そうか。悪かったな」

ただ、今日あった出来事を報告しただけなのに、父の声の温度が下がった。

「別に。父さんが謝るような話じゃないでしょ」

「その子と同じ部活に入ろうって約束していたんだよな。バレーボール部だったか」

「もう終わった話だよ」

春から新潟市に引っ越せば、また新しい友達が出来るだろう。中学生になるまでの一年間で、ほかにやりたいことが出来る可能性だって大いにある。

「どうしてバレーボールだったんだ？　好きだったっけ？」

「皆が横一線でスタートするスポーツが良かっただけだよ。サッカーやバスケだと小学校からやっている奴も多いし」

それに、もう一つ。次はチームスポーツをやってみたかった。

友達がライバルになる競技ではなく、同じ目標に向かって戦える競技が良かった。

でも、それもこれも引っ越しで全部、白紙だ。


帰宅すると、母が熱いお風呂を用意してくれていた。

記録会で疲れているだろうし、早く身体を温めた方が良いと言われ、祖父や父より先に入らせてもらった。

湯船に浸かり、今日の出来事を思い出していたら、知らぬ間に涙が溢れてきた。

長く続いてきた家業を自分の代で畳まなければならない父の気持ちを思っても、離れ離れになる友達のことを思っても、心が雪に触れたみたいに冷たくなる。

引っ越しだって、きっと、悪いことばかりじゃない。

新しい出会いだってあるはずだ。

生きていれば、これから、きっと、もっと、大変なこと、悲しいことが、沢山あるはずだ。分かっている。そんなこと、小学生の頭でも想像出来る。

でも、俺はこの町が好きだから。

生まれ育った三条市で、父や祖父のように誇りを持って生きていきたかったから。

幼心に抱いた夢が叶わないのだと、もう届かないのだと知り、苦しくなる。

ほんの一ヵ月前まで、こんな未来、考えたこともなかった。想像もしていなかったのに。突き付けられた現実に、あの日から、ずっと、感情が飽和している。


その日、我が家のチャイムが鳴ったのは、午後十一時過ぎのことだった。

家族全員が就寝の準備に入っていたし、来訪者の心当たりもない。

両親は顔を見合わせて眉をひそめていた。

俺も驚いて、一瞬、固まってしまった。

カーテンを少しだけ開けて、外を覗いてみる。

朝から降り続いている雪は、この時刻になってもやむ気配がなかった。

むしろ風が強まり、天候は荒れる一方である。

町中が雪で埋まっているに違いない。

こんな遅い時刻に、一体誰が……。

父が玄関を開けると、横殴りの雪に顔を歪める博人と見覚えのある大人の男が立っていた。スイミングスクールからの帰宅時に何度か会ったことがある、博人の父親だ。

でも、どうしてここが？

俺と博人は通っている小学校が違う。互いの家に行き来したこともなければ、住所も知らなかった。

「夜分に突然すみませんね。息子から櫻井さんの話を聞きまして。ホームページを確認していたら、いてもたってもいられなくなって、来ちゃいました」

「失礼ですが、あなたは？」

「あー失敬。石神です。静時君の友人の父親です。今日、スイミングスクールから帰って来たこいつが塞ぎ込んでいて。何があったのか問い質したら、お宅の息子さんから聞いた事情を話してくれました」

それから、博人の父親は分厚い雑誌のような本を鞄から取り出した。

「こんな時間に突然押しかけるなんて非常識ですよね。自覚はあるんですが、どうして

「も今夜のうちに相談がしたくて。うち、百貨店やブライダルをターゲットにしたギフト事業を営んでいるんです。頒布力も結構なものだと思うので、お宅で製造しているカトラリーを、拝見させてもらえないですか？　もしかしたら力になれるかもしれない。すぐにでも」


真冬の深夜に車を運転し、吹雪の中を訪ねてきた博人の父親は、そのまま日付が変わっても、工房で父や祖父と話し込んでいた。

一時間が経ち、二時間が経っても三人は戻って来ず、結局、博人は俺の部屋に泊まることになった。

聞けば、石神家はカタログギフトを主力とする会社を経営しているらしい。

大人たちは夜明けまで盛り上がっていたようで、朝、目覚めると、櫻井家のオリジナルカトラリーが複数のカタログギフトに掲載されることが決まっていた。のみならず、全国津々浦々のアンテナショップにまで置いてもらえることになっていた。

父と祖父は何十回も頭を下げていたけれど、その度に石神さんは、やめて下さいと言って豪快に笑っていた。こんなに素晴らしい商品を取り扱えるんだから、感謝するのはこちらの方だと言い切って憚らなかった。

あの日、石神さんは、息子の友人家族が困っていると聞き、ろくに除雪もされていない田舎道を車で走り、手を差し伸べにきた。

「俺に感謝されても困る。こうなったのはお前の家が良い商品を作っていたからだろ」

博人はそう言うけれど、それだけだとは思わない。

この出来事の本質は、工房の加工技術が高く評価されたことにある。良い商品があったから、良い出会いに恵まれた。そんなことは俺だって分かっている。

だけど、動かしようのない事実として、博人が我が家のことを父親に話していなければ、こうはなっていない。

あいつの父親が思い立った瞬間に行動に出ていなければ、やっぱり状況は違ったかもしれない。何故なら、既に祖父と父は会社を畳むと心を決めていたからだ。

二人の行動が少し違っただけで、きっと、この未来はなかった。

俺は子どもの頃から、祖父や父の仕事に憧れていた。尊敬していたし、二人が作る物に誇りを感じていた。

だから、自然と自分も職人になりたいと考えるようになった。

しかし、どれだけ良いものを作っても、取り扱ってくれる人間がいなければ、それを皆が知ってくれなければ、どうにもならない。

我が家は石神家に救われた。

あいつのお陰で、誇るべき家業を継続することを許された。

何十年経っても、俺はこの気持ちを忘れないだろう。

だから、あいつに何かあったら、次は絶対に俺が助ける。


俺は、石神博人に大きな借りがある。

3

あの夜の会合から一年と二ヵ月が経って。

スイミングスクールを退会した俺たちは、次はライバルではなくチームメイトとして、中学校のバレーボール部で再会するはずだった。

しかし、体験入部よりも早く、別の形で肩を並べることになった。三つの小学校から卒業生が集まり、クラス数も格段に増えたのに、同じ一年五組になったからだ。

学校という空間には、特別な磁場が発生している。

毎週、スクールで喋っていたし、既に十分過ぎるほど友達になっていると思っていたけれど、毎日、同じ教室に通うようになったことで、新しい発見が沢山あった。

石神博人は本当に良い奴だった。

素直で、努力家で。親同士の関係を考えたら、上から接してきたって良いのに、そんな素振りは一度として見せたことがない。

小学校の高学年から急激に背が伸びた博人は、バレーボール部ではオポジットとしてエース候補になった。一方で、俺はリベロになった。

入部当初、顧問の教師には「視野が広いからセッターを考えてみたら」と勧められている。それも面白そうだなと思ったけれど、司令塔よりチームを底で支える役割の方が性に合っている気がした。

田舎の、それもさして人数の多くない部活動である。

俺たちが目指したのは、全国大会ではなく、どれだけ早く部内でレギュラーを取れるかであり、三年生が引退すると、すぐに二人とも試合に出られるようになった。

クラスも部活動も同じで、気まで合うのだから、一緒に過ごす時間だって長くなる。

休日に、お互いの家を行き来するようになったことで、その頃、もう一人、友達が増えた。石神家の目と鼻の先に住んでいた同輩、三宅千春である。

同じスイミングスクールに通っていたこともあり、千春のことも小学生の頃から知っていた。ほとんど喋ったこともなかったけれど、彼女はいつも石神家の車で送迎されていたからだ。

千春が相当な変わり者であることは、早い段階から認識していた。

あれはいつの記録会の出来事だっただろう。

しのぎを削っていた俺たちの勝負に、ある時、突然、交ぜて欲しいと言って彼女が割って入って来た。

千春はお世辞にも運動神経の良い女ではない。見るからに身体が硬く、動きも鈍い。体力もない。だから、もちろん、タイムでは俺たちと勝負出来ない。

ただ、毎回ぴったり同じタイムで泳ぐという、意味不明なこだわりを持って毎週スクールに通っており、記録会でもそれが達成出来たら、自分の勝ちだと言って、突然、勝負に参戦してきたのだった。

俺からすれば一から十まで意味不明な話だったが、千春はその記録会で自己ベストを悠々更新し、祝福するコーチの横で凄まじく落ち込んでいた。正直なところ、俺も博人も相手にしていなかったのに、「君たちの勝ちです」みたいな捨て台詞を残して、彼女は一人、猛省していた。

幼馴染みの博人に対しても敬語で喋る奇妙な女。それが、俺の知る三宅千春だった。

あれは小学六年生の夏休みだっただろうか。

ある日のスイミングスクールで、博人から千春への想いを聞かされた。

小学生だったあの頃、俺はまだ「恋心」みたいな柔らかい感情を知らなかった。それでも、博人の想いに対して驚きはなかった。千春が傍にやって来ると、博人が纏う空気が軽くなるからだ。あいつが千春を大切に想っていることは、言葉などなくても伝わっていたし、実際、二人は本当に仲が良かった。

俺の通う小学校では、仲良くしている男女を見つけると、からかわずにはいられない奴らが沢山いた。そういう馬鹿みたいなカルチャーが学年に蔓延していた。

しかし、いつ会っても、あいつらは自然な友情で結ばれていた。

家が近所で、親同士も仲が良いのだから、二人は遠からず恋人になるだろう。

その時が中学生の間に訪れるのか、それとも高校生になってからなのかは分からないけれど、いつか二人は絶対に恋人同士になるはずだ。小学生の頃から、俺は漠然とそう考えていた。

応援もしていたし、これ以上ないくらい、お似合いの二人だとも思っていた。

それなのに、いつしか事態は想像もしていなかった方向に動いていった。


中学二年生になり、博人とクラスが分かれた代わりに、千春と同級生になった。

千春は感性が独特で、とにかく自分というものをしっかり持っている女だ。

奇異な言動も目立つけれど、だからこそ、見ているだけで楽しかった。

それまで以上に仲良くなったし、時々、下らない話で笑い合うようにもなった。

朝、顔を合わせるだけで心が跳ねて。

知れば知るほどに、面白い女だと思った。

博人に想われる資格がある女だと感心した。

だけど。そう、だけど、だ。

こんなことになるなら、こんな未来が待ち受けていると知っていたなら、俺は千春と仲良くなったりしなかった。

いつしか俺たちの間に流れる空気に、微妙な変化が生まれるようになって。

ある日、気付いてしまった。

俺は博人に借りがある。絶対に返さなければならない借りがあるのに。

よりにもよって、千春が俺を好きになってしまっていたのだ。

4

電車が再停車してから、既に二時間半以上経っている。

先程、近くの乗客が曇った窓を拭いた時に、外の様子が確認出来た。

相変わらず、横殴りの降雪が続いている。人口密度も高いし、暖房がよく効いているから、車内は暑いくらいだけれど、既に外は氷点下だ。

地理の授業で、教師が雑談がてら話していたことがある。

新潟県は関越自動車道の氷雪対策に、一シーズンで七十億円以上かけているらしい。

数年前に、山梨県が大雪で孤立状態に陥ったことがあったが、支援活動をおこなったのは、四百台を超える除雪車を保有している新潟県だった。

当時、「世界最強の除雪機甲師団」なんて大仰な見出しがニュースサイトで躍ったように、新潟は氷雪対策の進んだ地域である。ただ、それらはすべて道路の話だ。線路となると、また一つ、話の種類が変わってくるに違いない。

地図アプリで確認したところ、電車は遮るもののない田んぼのど真ん中で立ち往生していた。近くに建物はないし、この降雪では付近の道路も確認出来ないだろう。

少し前に、三十代くらいのサラリーマンが、乗務員に「降ろせ」と詰め寄っていたが、この真夜中に歩いて避難するなんて自殺行為である。

ここは文字通り陸の孤島。雪に閉ざされた密室になってしまったのだ。

この電車は十六時二十五分に新潟駅を出発した。つまり、俺はもう七時間以上、車内にいる計算になる。うんざりするなと言う方が無茶だろう。

もう日付も変わろうかという頃合いだ。

疲労が溜まれば、ストレスも倍加する。

誰ともなく座席を譲り合う光景が散見されるようになってきたが、誰もが利他の精神を抱いているわけじゃない。

車内の空気は二つの意味で悪くなる一方だった。

「静時君」

不意に、背後から呼びかけられた。

博人と同時に振り返ると、目の前に懐かしい顔が立っていた。

コートを小脇に抱え、怒ったような顔で俺たちを見つめていたのは、久方ぶりの再会となる元同級生の彼女だった。

「どうして、ここに」

「この車両、さっき騒がしかったじゃないですか。何があったんだろうって覗いた時に、二人がいることに気付いたんです」

薄らと涙が浮かぶその瞳は、博人ではなく俺を捉えていた。そして、

「静時君。もう逃げるのはやめて下さい」

彼女の口から、はっきりと俺を弾劾する言葉が紡がれた。

お前、何かしたのか？　とでも言いたげな顔で、博人が不審の眼差しを向けてきた。

無理もない。博人からしたら何のことかさっぱり分からないはずだ。

「これ以上、無視されたら、心が死んでしまいます」

どう見ても彼女は怒っている。そんなことは分かっている。それでも、

「悪いけど」

一度、車内を見回してから、はっきりと告げることにした。

「満員電車の中で話すことじゃない。別の機会にしてくれ」

どんなに小声で話したって周囲の人間には丸聞こえである。ただでさえ雑談が憚られる重たい空気が充満しているのだ。こんなに沢山の乗客に囲まれた状態で、センシティブな会話など出来るはずがない。

今、ここで、君とは何も話さない。

明確な意思を示すと、彼女はスマートフォンを取り出し、フリック入力でメッセージを打ち込み始めた。一瞬も止まることなく指が動き続け、彼女は無表情のまま、最後に右下の辺りを人差し指で押した。

ほとんど間を置かずに、ポケットの中でスマートフォンが振動したのが分かった。

私はあなたに目の前でメッセージを送った。

あなたもメッセージの受信に気付いた。

逃がさない。今、ここで読んで。

言葉にせずとも、その睨むような眼差しで、言わんとしていることは伝わる。

だが、気付いて欲しい。

君と、今、語らうつもりはない。

俺は、やり取りをするつもりがないのだ。

あえてポケットに手を伸ばさずにいるというのに、

「静時。お前にメッセージが届いたんじゃないのか？」

博人が空気の読めないことを言ってきた。

こいつに悪意がないことは分かっている。皮肉で促してきたわけでもないだろう。

単に、彼女がメッセージを送った相手が俺だと思ったから、深く考えもせずにそれを指摘してきただけだ。

博人は俺たちの間に起きている出来事を知らない。当然と言えば当然の反応だ。

渋々、スマートフォンを取り出し、今、受信したメッセージを確認する。

『どうして逃げるんですか？　いつまで無視を続けるつもりですか？』

予想通りの追及の言葉に目を通し、自然と溜息が零れた。

「博人。お前が応対してくれ」

「応対？　何の話だ？」

「彼女は何か聞きたいことがあるらしい。でも、俺は何も喋りたくない。だから、お前が相手をしてくれ」

「意味が分からない」

博人が眉をひそめ、

「卑怯な真似はやめて下さい。私、静時君に尋ねています」

彼女は彼女でその表情を一層険しくした。

「だから、こっちは何も話すことがないんだ。それでもなお問い質したいなら、博人に聞いてくれ。別に隠し事があるわけじゃないからな。博人が何を話しても構わない。満員電車だ。これ以上はやめよう。あとはアプリを使って二人で勝手にやってくれ」

これで会話は終わりだ。俺はもうこれ以上、何も話さない。

言葉を補強するため、二人に背を向け、狭い空間で参考書を開いた。

今、背中に向けられているのは、博人の困惑した顔と、彼女の怒ったような顔だろうか。参考書に目を落としたって、二人の反応は気になってしまう。

視界の端で、博人がズボンからスマートフォンを取り出したのが見えた。

二人のやり取りが始まったら、彼女は博人に何処まで伝えるだろう。会話を拒絶したのは俺だ。何をバラされても責める権利なんてないけれど、この数ヵ月間、千春を無視し続けていたことは、博人に知られたくなかった。

センター試験まで二日、いや、日付が変わったから、あと一日だ。

きっと、今でも、三宅千春は博人の心の中心にいる。

彼女を想う博人に傷ついて欲しくない。惑わせたくない。

俺は、博人に借りがあるのに。

博人のためなら、どんな犠牲だって厭わないと決めているのに。

どうして、こんなにままならないんだろう。

それから。

十五分。いや、二十分は経っただろうか。

「私、そろそろ電池が」

背後で彼女が申し訳なさそうに、そう告げた。

直前までメッセージアプリでやり取りを続けていたのだろうか。

三条市内から乗り込んだ客でも、もう六時間、閉じ込められている。こちらの車両に移動するまで、恐らく彼女は一人きりだったはずだ。

これまでも長時間、スマートフォンを操作していたことは想像に難くない。彼女に限らず、充電切れの心配をしている乗客は多いだろう。

博人はモバイルバッテリーを持っている。彼女に貸すと思ったのだが、その時、

「学生さん。君たち、ずっと、立ちっぱなしでしょ」

近くの座席に腰を下ろしていたスーツ姿の男性が話しかけてきた。

「何時までこの状態が続くか分からない。若いからって遠慮せず、君たちも交替で休んだ方が良い」

周囲の人間たちは頻繁に席を譲り合っていたが、俺たちはずっと固辞していた。

返事を待ってからでは同じことになると思ったのか、サラリーマンは笑顔で立ち上が

り、手招きしてきた。

「あっちで座っていた？」

博人の問いに対し、彼女が首を横に振る。

「じゃあ、君から」

「いえ、私は……」

良い機会だ。距離を作りたい。

「遠慮するなよ。男が女より先に座るわけにはいかないだろ」

博人の後に続けて着席を促す。

「それ。恰好付け方を間違っていると思いますけど」

皮肉を告げられたが、今はとにかく彼女から離れたかった。

「良いから座れよ。厚意をありがたく受けよう」

「そうだな。休める時に休んだ方が良い」

博人にも再度促され、彼女は渋々といった顔で、譲られた座席に腰を下ろした。

二メートルほど離れた場所に座った彼女が、俺を睨んでいる。

博人もまた、意味深な眼差しを俺に向けていた。

背を向けていた二十分ほどの間に、二人はどんなやり取りをしたのだろう。

俺が千春に対してやっていたことを、ついに博人に知られてしまったのだろうか。

分からない。肩が触れ合うほど近くに立っているのに、親友の心が読めない。

「なあ、静時」

「俺は何も喋らないよ」

先に釘を刺す。

「千春はさ。お前が考えているより強いし、弱いよ」

「……何が言いたいのか分からない」

「喋れるじゃん」

小さく笑ってから、博人は俺の肩を軽く二回叩き、それ以上は言葉を続けなかった。


無言の方が痛い夜もある。

俺たちの距離は一時間前と変わらないのに。

たった一人、千春を挟んだだけで、何もかもが少しずつ意味を変える。

そう、いつだって、千春がいるだけで、俺は、俺たちは、惑ってきたのだ。

5

中学校時代の三宅千春の思い出を語り尽くそうと思ったら、夜が明けてしまう。切りがない。それくらい、あいつは印象的な女だった。

千春は動作が直線的で硬いくせに、バイタリティに満ち溢れているから、見ていて危なっかしい。

中学生になり、博人とお互いの家を行き来するようになると、変わり者であるという印象は、さらに加速した。その後、二年生に進級してクラスメイトになったわけだが、毎日のように顔を合わせるようになった彼女は、想像を遥かに超えて面白い女だった。根が善良で、何事に対しても一生懸命なあいつは、多くの同級生から好印象を持たれていたものの、特定の人間には分かりやすく嫌われていた。

二年生になって迎えた最初のホームルームで、クラス委員長を決めることになった。立候補者が現れず、推薦したい人がいれば挙げて下さいと担任が告げると、一人の少女がすっと手を挙げた。斜め前の席に座っていた樺沢《かばさわ》美樹《みき》だった。

小学校も一年次のクラスも違ったが、樺沢のことは去年から知っていた。

合唱部であるにもかかわらず、背が高く、運動神経が抜群な彼女は、体育祭や球技大会で極めて目立っていたからだ。加えて、単純に樺沢は容姿が良かった。異性におよそ興味のない俺の耳にも入るレベルで、綺麗な女子だと入学当初から噂になっていた。

樺沢美樹は新学年の初日から、クラスで一番目立っていた生徒である。その彼女が手を挙げたのを見て、俺は遅まきながら立候補者が現れたのだと思った。教室で分かりやすく中心人物になりそうな女が、早速、面倒そうな役回りを引き受けてくれたのだと考えた。しかし、担任に名前を呼ばれた樺沢は、

「三宅さんが良いと思いまーす」

甘ったるい声で、そう告げた。

誰が定義して、誰が考案した造語なのかも分からないけれど、ついには国会議員まで口にするようになった「スクールカースト」という概念がある。

果たして本当にそんなものが存在するのかは甚だ疑問だが、もしも実在するのなら、樺沢美樹は教室でその最上位にいる女だった。

対照的に、三宅千春は大前提を無視して、ピラミッドからはみ出しているような女だ。意外な組み合わせではあるものの、二人は知り合いだったらしい。

そんなことを考えたのも束の間、隣の席に座っていた女子、宮島祥子《みやじましょうこ》が、顔を伏せてクスクスと笑い出した。

気付けば、ほかにも何人かの女子生徒が妙なざわつき方をしている。

この分かる人にだけ分かるみたいな妙な空気は何だろう。

推薦を受けた当の千春も、指名された理由が判然としないようで、不思議そうな顔で小さく首を傾げていた。

「ほかに誰か推薦したい人はいませんか」

担任が促したものの、樺沢以外に発言する者は現れず、一学期のクラス委員長は千春が、副委員長は担任が指名した男子生徒が務めることに決まった。

そして、一週間もせずに、俺はあの日の妙な空気の正体を知ることになった。

千春は誰に対しても物怖じせず、思ったことを口にせずにはいられない性質だ。

吐き出される言葉が正論であるが故に、人の癇に障ってしまうことも珍しくない。

これは一般論になるが、直情的な教師や、素行の悪い生徒、クラスの中心的な生徒が発する身勝手な発言に対し、「普通」の人間は口を閉ざす。それは違うと思っても、大抵の人間は我慢する。時間の無駄だから。波風を立てても仕方がないから。自分が嫌がらせの標的になるよりはマシだから。面倒事を避けるため、甘んじて言葉をのみ込む。

しかし、千春にはそれが出来ない。

あいつの辞書に、「妥協」の二文字は存在しない。

不正や不公正を発見したら、千春は絶対に見逃さない。だからこそ、彼女自身にはまったく非がないのに、特定の人間たちから嫌われてしまう。

俺は男子だ。女子の世界のことはよく分からない。千春が何処で、誰に、反感を買っていたのかも知らない。

それでも、彼女たちの狭量な世界で、何が起きていたかは想像が出来た。

樺沢を中心とした女子グループは、二年次のクラス編成が発表になった時から決めていたのだ。

三宅千春に「お前は嫌われている」と思い知らせてやろう、と。

そのための最初の一手が、クラス委員長にすることだった。

目立つグループが一体となって行事に協力せず、間接的に和を乱すことで、困らせてやろうと考えていたのである。

樺沢たちの思惑を理解した時、俺は大いに呆れたし、それ以上に寒気を覚えた。

陰湿ないじめみたいなものがこれから始まるのだと知り、一人、自分に出来ることは何だろうと考え始めた。場合によっては別のクラスになった博人にも事情を伝え、千春を守らなければならないと思った。

だが、一ヵ月が経ち、二ヵ月が経っても、恐れていた時はこなかった。

何故なら、千春が徹頭徹尾、空気を読まなかったからである。

樺沢や宮島をはじめとする取り巻きたちは、千春に対し、日々、明確に、お前が気に食わないという態度を示している。わざと聞こえるように皮肉を吐いている。

しかし、その一切を千春は気にしていなかった。努力して無視しているのではなく、ナチュラルに、心の底から、何とも思っていなかった。

そもそも千春は打算的な思考で動かない。周囲に自分がどう見られるかを気にしない。そのため、悪意の言葉すら、本当に雑音程度にしか感じていないようだった。

もちろん、物理的な嫌がらせを受ければ、千春だって気付く。気分を害すし、はっきりと反論もする。だが、謝罪されれば、それで終わりだ。一秒後には忘れて、ケロッとしてしまう。

千春は気持ちが強く、行動力もある。触らぬ神に祟りなしではないけれど、どう考えても、地雷を踏んだら面倒臭いことになる相手だ。樺沢たちはそれを理解していたようで、直接、手出しすることだけは避けていた。

クラスの女子たちを扇動し、無視しようと試みたこともあったようだが、結局、当の本人がまったく気付かず、曖昧に「三宅千春ハブ計画」は頓挫していた。

千春には中途半端な嫌がらせが通用しない。ならば委員長としてのあいつを困らせてやろうと、樺沢たちは度々、行事での協力を拒んでいたが、やりたくないことを強制するのは悪いという、むしろ前向きな思考で、千春は彼女たちの意思を尊重していた。協力を厭わない人間だけで前向きに物事を進め、犠牲を犠牲と思わず、彼女たちが欠けた分を自らの労力で補ってしまう。そんな風にして、あいつは自らに対する悪意を無邪気に無効化していった。

本当に、三宅千春という女は、知れば知るほど面白い女だった。

石神博人が好きになるに相応しい女だった。

だが、千春の穏やかな日々が、永遠に続くことはなかった。

二学期が始まり、樺沢美樹が新しいクラス委員長になったことで、教室の空気がはっきりと変わったからだ。

そう、樺沢は諦めたわけではなかった。いつだって輪の中心にいなくては気が済まないあいつは、自分のことを相手にもしなかった千春のことを許していなかった。

俺たち男子には見えないところで、目敏い教師にも気付かれないように注意深く。

やがて、その悪意は静かに始まっていった。

6

とっくに時刻は午前〇時を回っている。

定期的に換気がおこなわれていると言っても、この乗車率だ。

満員の車内では容易く空気が淀む。

あっという間に熱気が籠もる。

額を伝った汗を拭ったその時、久しぶりの車内アナウンスが始まった。

『ただ今、ラッセル車を手配しております。午前一時頃、長岡駅を出発する見通しですが、こちらへの到着は、長岡駅を出発してから一時間以上あとになる見込みです』

届けられた新しい情報に、軽い目眩を覚えた。

俺がラッセル車投入決定のニュースをスマートフォンで読んだのは、午後十時台のことである。

その時に関連情報を調べ、ディーゼル機関車タイプのラッセル車が長岡市の車両センターにあること、モータータイプのラッセル車が新潟市の車両センターにあるらしいことを知った。

ディーゼル機関車は列車として扱われる。つまり、臨時列車としてすぐに出庫出来るはずだ。それなのに、未だ長岡を出発すらしていなかったらしい。

アナウンス通りに物事が進んでも、ラッセル車が到着するのは午前二時半頃になる。少なくともまだ二時間以上、このうんざりするような状況が続くのだ。

新しいアナウンスは福音にはならなかった。車内に充満していた失望は、より一層、その深刻度を増している。

その時、ポケットの中のスマートフォンが、振動でメッセージの受信を伝えてきた。

少し離れた席に腰を下ろしたあいつが、また何かメッセージを送ってきた。そう思ったのだけれど、送信相手は彼女でも親でもなかった。

『聡子《さとこ》に聞いたよ。静時、今日、本当に五限まで授業に出たらしいね。電車、大丈夫だったの？　東光寺《とうこうじ》駅の先で停まっているってニュースで見たけど。』

送信主は、同じ中学校から赤羽高校に進学した唯一の同級生、樺沢美樹だった。

『今、何時だと思っているんだ？　センター試験に合わせて、生活のリズムを調整しろって言われているだろ。』

メッセージを送信すると、一瞬で「既読」を知らせるマークがついた。

『ごめん。もしかして起こした？　ニュースを見て、心配になって。』

十秒もせずに届いた返信には、珍しく殊勝な文面が綴られていた。

赤羽高校は一学年が八クラスの私立高校であり、スポーツ推薦で入学した生徒以外は、進級の度にクラス替えがある。それにもかかわらず、何の因果か、樺沢とは三年間クラスが一緒だった。

あいつだって受験生だ。早く寝るべきなのに。

『むしろこの状況を知っていて、からかわれたのかと思ったよ。ご明察の通り、立ち往生に巻き込まれた。どうせ後で情報が入るだろうから、先に言っておくけど、千春も乗っていた。』

『マジで？　厄日じゃん。』

今度は五秒で返信が届いた。

女子って何でこんなにメッセージ入力が早いんだろう。

「千春？」

適当なスタンプを送り、会話を終えようとしたタイミングで、博人に問われた。

「いや、高校の同級生」

あえてその相手が樺沢であることは伏せた。

樺沢が中学時代、千春への嫌がらせを主導していたことは、博人もよく知っている。俺が高校に入ってからも樺沢とやり取りを続けていたなんて、夢にも思っていないはずだ。わざわざ名前を出しても面倒なことになるだけである。

「立ち往生のニュースを見て、連絡をくれたんだ」

「昼まで一緒に授業を受けていたわけだもんな」

小声でやり取りを始めた俺たちを、数メートル先から彼女が見つめている。

あいつはさっき『私、そろそろ電池が』と言っていた。

今も彼女は操作せずにスマートフォンを握り締めている。いつ家族に連絡することになるか分からないし、こんな状況で充電が切れてしまうのは避けたいはずだ。

モバイルバッテリーを貸してやれよと、博人に言った方が良い。

なすべきことは分かっていたが、接触を促して、また気の重い話題を向けられるのも億劫だった。

本当に困った時は、向こうから何か言ってくるだろう。そもそも博人が彼女の言葉を忘れているのが悪いのだ。都合の良い言い訳を並べて、結局、口を閉ざしたままでいることを選んでしまった。

文字通りの意味で益体もない時間が、ただ流れていく。

終わりの見えない停車が始まった後、疲労と共に最初に沸き上がった感情は怒りだった。しかし、ここまで事態が進展しないと、腹を立てる気力すら失せていく。

センター試験の開始時刻を見据え、一週間前から就寝と起床のタイミングを調整してきたのに、今日一日で完全にご破算になった。場合によっては、最悪のコンディションで試験に臨まなければならなくなるだろう。

午前一時十二分。

再び、二号車で乗客の一人が体調不良を訴え始めた。

今度は、五、六十代と思しき女性だった。

大雪に見舞われ、幹線道路で車の立ち往生が発生している姿を、何度もニュースで見たことがある。その手のニュースでは、途方に暮れる運転手たちに、決まって近隣住民が食料を届けていたように思う。

しかし、ここは吹きっさらしの田んぼの中だ。

最後の停車から四時間以上経っているというのに、未だに車内には水も届けられていない。この蒸し暑さである。飲み物を持っていない乗客が、脱水症状を起こしても不思議ではない。

繰り返されたのは、二時間前とほぼ同じ光景だった。救急隊員が現れ、女性は担架に乗せられて運ばれていった。

どさくさに紛れ、前回も乗務員に居丈高な態度を見せていた若いサラリーマンが「俺たちも降ろせ」と詰め寄っていたけれど、どう見ても彼には連れがいない。主語を大きくしたがる人間に、ろくな奴はいないというのが、この世の真理だ。

道理にそぐわない要求を鉄道会社の職員が認めるはずもない。

「ご家族など、近くまで車で迎えに来られる方がいれば、検討させて頂きます」

彼は確か出張中のサラリーマンだったはずだ。乗務員から実現不可能な提案をされ、再び品のない言葉で怒鳴り散らしていた。

触らぬ神に祟りなし。目を合わせてはいけない。

開いた扉の先では、変わらず、闇夜の隙間を埋め尽くすように牡丹雪が降っていた。

除雪した端から積もっていくのだから、人力でどうにか出来るはずがない。

投入されたというラッセル車が到着するまで、この状況が改善するとは思えない。

『電車、マジで大変なことになっているみたいだね。あの鈍感女でも、これじゃさすがに心細いでしょ。傍にいてあげたら？　静時と一緒なら心強いと思うよ。』

数十分振りに届いた樺沢からのメッセージには、余計なお世話が綴られていた。

どうやら、あいつはまだ起きていたらしい。

『早く寝ろ。』

伝えたいことだけ伝えると、

『ていうかさ、私にするみたいに、千春にも本音をぶつけたら良いんじゃないの？』

今度は五分後に返信が届いた。

『別に隠し事なんてしていない。』

『私すら騙せていないのに、何言ってんの？　静時のくせに甘いんじゃない？』

『受験生は早く寝ろ。』

『あんたに言われなくても寝るわよ。おやすみ。良い夢見ろよ。見れるもんならな。』

まだ十四歳になったばかりだったあの頃。

四年後にこんな未来が待っているなんて、想像もしていなかった。

樺沢美樹との交流が高校生になっても続いていることも、一度は友達になった千春を無視し続けていることも、想定外の未来でしかない。

誰にも、明日のことは分からない。
予期せぬ形で災害に巻き込まれてしまったように。
人生にはいつ、何が、起こるか分からない。

二〇一三年、中学二年生の秋。
文化祭の準備が始まった頃から、千春と樺沢たちの本格的な衝突が始まった。
同級生の一人が、教室で突然、泣き出して。
その理由に気付いた千春が、彼女のために怒って。
長く教室で保たれ続けていた絶妙な均衡が崩れた。
そう。すべては、あの日の峰倉冬子《みねくらふゆこ》の涙から始まったのだ。

7

一般的に、中学校のクラス替えというのは、毎年実施されるものなのだろうか。それとも、俺たちが通っていた公立中学校のように、二年生に進級するタイミングでのみ実施されるものなのだろうか。

部活動を除けば、他クラスの生徒と交流を持つ機会などめったにない。

二年生になり、同級生の顔ぶれはガラリと変わったし、小学校が違う生徒は、男子でもほとんど名前を知らなかった。普段、喋る機会のない女子は、失礼ながら見分けもついていなかった。

しかし、峰倉冬子だけは例外で、会った初日からその顔と名前を認識していた。

何故なら、彼女は新学年が始まってから十日後に現れた転校生だったからだ。

たかが十日、されど十日である。

既に女子たちは関係性の基礎を構築している。

転校初日こそ何人かの女子に話しかけられていたものの、峰倉は単に席が近いだけの俺でも分かるくらい、はっきりと人見知りをするタイプだった。

東京出身の峰倉は、地方では見慣れない瀟洒な制服を着用している。さらに言えば、樺沢とはタイプの異なる美人でもあった。

小悪魔的な雰囲気の樺沢とは対照的に、峰倉は彫りの深い印象的な顔立ちをしており、他の同級生たちより大人びて見える。そんな彼女自身の気質や独特な個性も重なって、峰倉冬子は転校当初から、教室で孤立していた。

一人だけ制服の違う女子が、いつも一人きりでいたら目立つ。だから、女子と喋る機会などめったにない俺でも、すぐに気付くことになった。峰倉は転校直後のムーブでミスを犯し、女子の輪に入ることに失敗したのだ。

彼女の転校から一週間ほど経った頃、クラス委員長の千春が、峰倉に積極的に話しかけるようになった。

千春はその価値観の基準こそ独特だが、正義感に満ち溢れた女である。

転校生が孤立しているのを見かねて、声をかけることにしたのだろう。

そのほとんどが雨で潰れてしまった、あの年のゴールデンウィーク。

部活動が休みとなった土曜日のお昼過ぎ。

石神家にお邪魔し、博人と二人でサッカーの対戦ゲームに興じていたら、千春が同級生を連れてやって来た。

遠慮がちにリビングに入って来たのは、例の転校生だった。

いつの間にか二人は、学校の外でも会う仲になっていたらしい。

千春は博人の母親と仲が良く、普段から石神家に頻繁に顔を出している。そのため、休日は俺もこの家で顔を合わせることが時々あった。ただ、彼女が友達と一緒にいる姿を見るのは初めてである。

「ゲームを中断させてしまいましたね。すみません。博人君、英語の教科書を貸してもらえませんか？」

その日の千春は、同級生を連れて石神家に遊びに来たわけではなかった。

「数学が思ったより早く終わったので、午後は英語にしようと思うんです。でも、冬子さんが教科書を持ってきていなくて」

数学も英語も大した量の宿題は出ていない。定期テストだって、まだ先である。それなのに、休日、自宅に友達を招待して、勉強に付き合わせていたのだろうか。

率直に言って、正気の沙汰とは思えなかった。

千春が変わり者であることは十分に承知しているが、

「お前さ、そういうことをやっていると、せっかく出来た友達をなくすぜ」

素直な思いを告げると、二人の女子たちに首を傾げられてしまった。

それから、千春の説明を受け、ようやく浅薄な勘違いに気付くことになった。

俺は教室での様子を見て、二人が友達になったのだと思っていた。いや、事実それはそうなのかもしれないが、二人の交流の始まりは、峰倉の学業の遅れについて千春が心配したことがきっかけだったらしい。

新年度早々の授業を欠席した峰倉は、数学と英語の授業についていけなくなっており、それに気付いた千春が、個人的に教えると言って、自宅に招いていたのだ。

東京の公立中学校から転校して来た峰倉は、向こうでも進学塾に通っていなかったという。雑談から推測するに、失礼ながら勉強が得意なタイプでもないようだった。

俺たちの学年には生徒が二百五十人以上いる。そして、千春は定期テストで上位五指から漏れたことがない。優秀な千春による補習は朝から順調に進み、午後は追加で英語もやることになったのだろう。


あの日、博人は英語の教科書を峰倉に貸しただけである。

二人が帰った後、俺たちは再びゲームに夢中になったし、目と鼻の先で真面目に勉強している同級生のことなど、あっという間に忘れてしまった。

しかし、その日の出来事は、それで終わりにはならなかった。

夕方、教科書を返しに来た二人が、お礼だと言って、手作りのカップケーキを持参してきたからだ。峰倉の趣味がお菓子作りで、勉強が終わった後、二人で作ったらしい。

「まだサッカーのゲームを続けていたんですね」

石神家のリビングに上がった千春は、テレビ画面を見て苦笑いを浮かべた。

「静時君の自転車、午前から停まっていませんでしたっけ」

「うちに来たのは十時だったかな」

「七時間も同じゲームで遊んでいたんですか？」

「負けたままじゃ悔しくて終われないだろ。お互いがリベンジマッチを希望していたら、こんな時間になってた。さすがに目が痛いや」

幼馴染み二人の何てことのない会話に耳を澄ましていたら、峰倉が俺にもカップケーキを差し出してきた。

「良かったら」

「良いの？　悪いね。無関係なのに」

「お口に合えば良いですけど」

手に取ると、バターの甘い匂いが香った。

そうか。作りたてのカップケーキは熱いのか。

「褒め言葉として相応しいかは分からないけど、お店で買った物と変わらないな。美味しいよ」

一口食べてから、素直な感想を告げると、緊張を隠せずにいた峰倉の頬が緩んだ。

「数学と英語の遅れは取り戻せた？　授業にはついていけそう？」

「はい。千春にしっかりと教えてもらったので」

俺が用事もないのに喋る女子は、千春くらいのものだ。それだって、こいつが毎朝、笑顔で「おはようございます」と話しかけてくるからに過ぎない。

峰倉とは今日まで挨拶もしたことがなかった。転校生の彼女は、四十人近いクラスメイト全員と初対面だったはずである。この子はそもそも俺の名前を知っているんだろうか。博人と同様、他のクラスの生徒だと思われていても不思議ではない。

仕事から帰って来た博人の母親が、紅茶を淹れてくれて。そのまま、女性陣二人は三十分ほど石神家に滞在していった。ソファに座り、俺と博人がゲームをする姿を眺めながら、当たり障りのない雑談をしていた。

それは、同級生たちと過ごした何てことのない雨の一日だった。

ただ、きっと、あの日の交流があったからこそ、俺たちの世界は次なる物語を紡いでいくことになったのだろう。


千春とは小学生の頃から、スイミングスクールで交流があった。中学生になってからは、ことあるごとに石神家で顔を合わせていた。

彼女の性格は十分に理解しているつもりでいたけれど、より距離の近いクラスメイトになったことで、俺の認識はすぐにアップデートされることになった。

三宅千春という女は、想像以上にあらゆる感覚が独特だったからだ。

教室という特殊な空間では、時間経過と共に誰もが誰かと繋がっていく。女子ほど露骨ではないものの、男子の中にもグループのような棲み分けが自然と出来上がっていた。

しかし、彼女は誰かと特別に親しくなるということがなかった。

俺は千春が峰倉と親友のような関係になっていくと予想していたが、峰倉に限らず、彼女は特定の誰かと接近したりはしなかった。

男女関係なく、それこそ樺沢の取り巻きたちまで含めて、分け隔てなく接する。さりとて踏み込み過ぎることもない。毎日、喋っている相手が変わり、一人きりでも笑顔を絶やさない。千春はそういう人間だった。

やがて峰倉にも別の友達が出来て、彼女が教室で居場所を見つけると、千春はそれを我がことのように喜んだ。

私が最初に仲良くなったのにとか、私の友達なのにみたいな、女々しい感覚ははなから持ち合わせていないらしかった。

雨の季節も、梅雨が明けてからも、千春は教室で一番自由だった。

悪意に気付かぬ愚鈍と、邪気のない活力で、日々を精力的に生きていた。

夏休みが始まると、千春と喋る機会はさらに増えた。彼女が博人の母親に料理を習い始め、以前にも増して、石神家に出入りするようになったからだ。

天高く入道雲が伸びていた、葉月の午後。

千春が峰倉を連れて石神家にやって来た。

ミートローフなる料理を教わる予定だと聞いた峰倉が、自分も一緒に習いたいと言ってきたらしい。

料理名は聞いたことがあるけれど、食べた経験はない。同級生二人が作った料理の出来も気になったし、我が儘を言って、一緒に夕食の席に着かせてもらうことにした。

ミートローフとは、ひき肉を塊状に成形して加熱調理した料理だという。作り方を聞いた時、ハンバーグと何が違うんだろうと疑問に思ったわけだが、実際、完成したそれを食べてみても差異はよく分からなかった。

「これ、ハンバーグじゃないの?」喉まで出かかった言葉は、しかし、寸前で飲み込んだ。招待されたわけでもないのに、ご馳走になっているのだ。余計なことを口にする資格はない。作った当人たちが満足しているのだから、水を差す必要もないだろう。

その日の夕食会で、俺は峰倉の生い立ちを少しだけ知ることになった。

彼女は東京で小さな頃から児童劇団に所属していたらしい。ただ、引っ越し後のこの町には、そんなものが存在していなかった。加えて、我が中学校には演劇部もない。千春と同様、峰倉も現在は部活に入っていなかった。

彼女は新学年が始まってから、十日ほど遅れて転校して来た生徒である。

興味があったわけでも、俺たちが尋ねたわけでもないのだけれど、ポツリポツリと語られた話から推測するに、峰倉家の引っ越しが春休みから外れてしまった背景には、のっぴきならない家庭の事情が関係しているようだった。

峰倉冬子は母親の再婚を機に、継父の実家で暮らすことになったらしい。

東京から新潟、それも三条市への引っ越しである。町の風景や生活基盤はもちろん、人間の気質も大きく異なるはずだ。

峰倉自身が田舎への転校を快く思っていないことは、想像に難くない。

こんなにも生きにくい時代である。

人は腹が満ちただけでは幸せになれない。

皆、多かれ少なかれ、苦労や心痛を隠しながら、必死に生きているのだ。

十四歳になっても、俺には恋をした経験がなかった。

異性を好きになるという感情がどういうものなのか、分からない。

それでも、千春と交流する時間が増えれば増えるほど、博人が恋に落ちた理由は想像出来るようになっていった。

有り体に言えば、三宅千春という女は特別なのである。

大勢の同級生がいるのに。

千春より可愛い女子なんて、うちのクラスにも、ほかのクラスにもいるのに。

はっきりと分かってしまう。

あいつは、千春は、良くも悪くも一人だけ人間の形が違う。

幼馴染みだからじゃない。石神博人にとって、三宅千春とは、三宅千春であるが故に特別なのである。

千春と博人はとりわけ仲が良い。互いを無条件に信頼し合っているし、どちらも信頼に値する誠実な人間だ。

千春は素直で正直者だから、一見、分かりやすい人間に映る。だが、実は心の深い部分までは晒さない。そのため、彼女の想いまでは俺にも分からない。

ただ、博人が恋をしていることには、石神家の両親すら気付いているように見える。

焦る理由もないだろうけれど、こんなに仲が良いのだから、さっさと付き合ってしまえば良いのに。

オフィシャルに恋人になってしまえば良いのに。

楽しそうに笑い合う二人を見る度に、俺はそんなことを考えるようになっていった。

部活動で登校していたため、特に休んだ実感もない秋休みを経て。

二学期が始まると、文化祭、合唱コンクールと、立て続けにやってくる二大イベントに向け、教室の雰囲気が一変した。

その最大の理由は、新しいクラス委員長の座に、樺沢美樹がついたことである。

一年次にも樺沢と同じクラスだった男子の話によれば、合唱部に所属する彼女は、去年も合唱コンクールに異常なまでの情熱を注いでいたらしい。

影響力の強い樺沢が委員長になり、優勝に値する「金賞」を獲ると宣言したことで、クラスの意識は文化祭をすっ飛ばして、合唱コンクールへと向くことになった。

文化祭なんて大仰な名を冠していても、所詮は公立中学校の催し物である。一般の生徒は美術や家庭科の製作物を展示するだけだ。吹奏楽部のように明確な演し物がある団体に所属していない限り、出番などない。

とはいえ、まったく仕事がないわけでもなく、文化祭の準備は前クラス委員長の千春が、合唱コンクールの準備は樺沢が中心となって、進めることになった。

既に委員長は交代しているのだから、本来であれば、文化祭の仕切りも樺沢の仕事である。体良く押し付けられたのか、善意で買って出たのか、真相は分からないが、二学期になっても千春はクラスメイトのために日々奔走していた。

盛り上がったのかどうかも分からないまま文化祭が終わると、一日と経たずに、クラスの意識が三週間後の合唱コンクールに向けて切り替わった。

文化祭にはあんなにも非協力的だったくせに。

金賞獲得に執念を燃やす樺沢は、今やすっかり放課後の女王である。

毎日、ホームルーム後にきっちりと練習の時間が取られていたが、こちとらそこまでの熱意はない。さっさと切り上げて部活に行きたい。

似たような思いを抱いている生徒は、俺以外にもいる。

しかし、女子最大派閥を率いる樺沢に正面から意見出来る人間などいない。連日、文句の一つも許されないまま、クラスメイト全員が、パートごとに放課後の練習を強制されていた。

その日も一時間近く、自主練習の時間が取られただろうか。

うんざりするほどの熱気に満ちた特訓を終え、体育館に向かうと、既に練習で汗を流していた博人から、意味の分からない質問を受けた。

「なあ、静時。峰倉さんは大丈夫なのか？」

「何の話？」

「五組の転校生がいじめられているって、うちのクラスの女子が喋っていた。転校生っていったら峰倉さんしかいないだろ」

初耳だった。一組の女子が何処でそんな話を聞き付けたのか知らないが、

「教室でそんな場面を見た記憶はないな」

「根も葉もない噂なら、それで良い。でも、本当なら放っておけない」

「お前、峰倉と友達だったたっけ？」

「静時は友達じゃなければ、いじめられている人間に気付いても助けないのか？」

「噂を鵜呑みにして、首を突っ込んだりはしないな」

「二回も手料理をご馳走になったんだ。他人事とは思えない。お前、本当に何も知らないのか？」

言うべきか、言わざるべきか。

しばし迷った後で、素直に伝えることに決めた。

「女子の一番目立つグループが、峰倉をハブにしようとしているのは分かる」

「何で？」

「千春の数少ない友達だからだろ」

「元凶は千春で、あいつが嫌われているってことか？」

「二十人も集まれば、ソリが合わない奴だっているさ。別に俺のクラスに限った話じゃない。お前が気付いていないだけで、そういうことは一組でも……」

「千春を嫌っているのは誰だ？」

俺の話を遮って、博人は怖い顔で尋ねてきた。

「樺沢美樹」

「合唱部のあいつか」

「へー。お前でも、接点なんてなくても美人は知っているのな」

重い空気が嫌で茶化しただけなのに睨まれた。

「樺沢が主導で千春と峰倉さんをいじめているのか？」

「俺の認識では、せいぜい陰口を叩かれている程度だよ。体育祭でも、文化祭でも、露骨に協力を拒まれていたけど、千春は多分、嫌がらせをされていることにも気付いていない。つまり、その程度の話だ」

「第三者で、男子のお前が、それを言い切れるのか？」

「どうだろう。断定出来るのかと言われたら、峰倉については自信がない。ただ、千春については頷けるよ。嫌がらせを受けて黙っている女には見えないからな」

攻撃的なんて言葉からは対極にいても、黙って嬲られるタイプではないはずだ。

「心配なら噂話をしていた女子たちに聞いた方が良い」

「そうだな。でも、お前にも覚えていて欲しい。千春はああいう奴だから、もしも本当に峰倉さんがいじめられていて、それを知ったなら、絶対、立ち向かう。相手が誰で、何人いても」

「分かっているよ。早い段階から女子の空気が危ういとは思っていたんだ」

「そうなのか？　いつから？」

「四月から。樺沢のグループは、千春への悪意を隠していなかったからな」

「何で黙っていたんだよ」

「だから、それでも、トラブルは起こっていなかったんだ。問題が表面化していないのに、外野が首を突っ込んで均衡が崩れたら笑えない」

博人が千春を心配する気持ちはよく分かる。

俺だって、博人ほどではなくとも、千春のことは気にしている。

クラス替えは、もう卒業までない。あと一年半、このメンバーで生活することになるのだ。気に食わない同級生と仲良くすることは難しいかもしれない。だが、あえて揉める必要もないはずだ。


日一日と教室を支配する緊張が尖っていく。

たかが学校行事という意識が抜けない男子と、真剣に練習に取り組む女子たち。単に男女の熱量の差が生んだ亀裂なら、事態は分かりやすい。

しかし、やる気がない人間は女子の中にもいるし、樺沢に気に入られようと立ち回る人間は男子の中にもいる。誰かがミスをする度に、高いレベルを要求する樺沢の感情が昂ぶり、取り巻きが代弁するように激しく怒る。必然、場の空気は凍りつく。

俺はのらりくらりとかわしていたが、誰もが器用に立ち回れるわけでもない。

パートリーダーでもないのに責任を押し付けられ、峰倉は何度もなじられていた。

熱意はあるものの、歌が苦手な千春は、頻繁に嘲笑の対象になっていた。

足を引っ張っている自覚がないのか、千春は自分の技量を棚に上げ、怒られて落ち込む生徒を励まして回っている。頑張ろう。諦めずに練習しようと、前向きな言葉ばかりを口にして、余計に樺沢たちを苛立たせていた。

愚かしさも度を超せば武器になる。千春の呆れるほどの真っ直ぐさで、沢山の同級生たちが救われていた。彼女がいたから、同級生たちは匙を投げず、無茶な要求にも応え続けようと頑張った。

周りを巻き込んで、世界を前に動かしていく。千春はそういう女だった。


合唱コンクールまで、あと二日。

苦痛極まりない放課後の拘束も、もうすぐ終わる。

樺沢は金賞を獲る未来しか考えていない。当日の結果如何では面倒なことになりそうな予感もあるが、とりあえず練習漬けの日々からは解放されるはずだ。

今日の練習は一時間じゃ終わらないかもしれない。憂鬱な思いを抱えていた、その日の五限目の授業中。

一次関数のグラフを黒板に書いていた斉藤《さいとう》が、生徒の様子を確認しようと振り返り、直後に固まった。

斉藤はまだ二十六歳と若い男性の数学教師で、五組の担任である。

チョークを持ったまま動きを止めた斉藤の視線の先にいたのは、峰倉冬子だった。

そして、二つ隣の席で起きていた異変に、俺も気付く。

峰倉が焦点の合わない目で宙を見つめ、涙を流していたのだ。

何日か前の練習中に、感情を爆発させた宮島が泣き始めたことがあった。

あの時、俺はすぐ近くにいたのに、動くことも、言葉を発することも出来なかった。

泣き出した女の対処法なんて知らないからだ。

女の涙に対する戸惑いは大人でも同じだったようで、斉藤は呆気に取られたような顔で頬を引きつらせている。

突然の事態に誰もが固まる中、最初に立ち上がったのは、窓際の離れた席に座っていた千春だった。

「冬子さん。体調が優れないなら、保健室に行きましょう」

千春に背中をさすられても、峰倉は反応しない。

「どうした？　何かあったのか？」

ようやく斉藤が教壇を離れ、話しかけたが、やはり反応はなかった。

「泣いているだけじゃ分からないよ。どうしたんだ？」

その時、気付いてしまった。見てしまった。

廊下側の最後尾で、宮島が顔を隠すようにして笑っている。

『五組の転校生がいじめられている』

十日前に博人に告げられた言葉がリフレインした。

あの噂は真実で、樺沢のグループは実際に、悪辣な嫌がらせをしていたのか？

峰倉はずっと耐えてきたが、授業中に心の糸が切れて……。

「教室じゃ話しにくいこともあるか。保健室に行こう。悪いが三宅も一緒に来てくれ」

斉藤が峰倉の肩に触れようとしたその時、彼女の首が横に振られた。

ようやく意思らしい意思を示した峰倉は、それから、机の上で閉じられていたノートを開いた。

俺の席からでも見える。

開かれたＡ４ノートに、大きく『死ね』の二文字が書き込まれていた。

再び固まってしまった斉藤を一瞥してから、千春がそのノートを手に取った。

「誰ですか？」

微笑みしか知らない彼女の横顔に、初めて見る厳しい眼差しが浮かんでいる。

ノートを開いて持った千春は、皆に見えるようにそれを掲げ、それから、

「これを書いたのは誰ですか？」

先程よりも強い口調で、問い質した。

だが、当然、答えなど返ってくるはずもない。

斉藤は担任のくせに、情けなくも動けなくなっている。

「冬子さん。書いた方に心当たりがあれば教えて下さい」

友達の涙を知った以上、絶対に、このままにはしない。千春は真剣な眼差しで峰倉に問うたが、次なる展開は、予想出来るはずもないものだった。


「あなたでしょ」


消え入りそうな声で囁いた峰倉が、千春を指差している。

こいつは何を言い出したんだ?

静まり返った教室で、最初に、勇敢に、声を荒らげた友達に、何でこいつは……。

混乱で頬を引きつらせる千春が、再び口を開くより早く。

「信じらんない。それ、三宅さんがやったの?」

樺沢美樹の甘ったるい声が教室に響いた。

そして、その瞬間に、ようやく理解した。

ここまでのすべては、樺沢が描いた絵だったのだ。

峰倉は東京で児童劇団に所属していた。そう、彼女は演技が出来るのである。

ここに至り、自らの憶測が甘かったことも思い知った。

博人が聞いた噂話は、真実、その通りだったのだ。峰倉が追い詰められ、この茶番にもほどがある演技を強要されたことは間違いない。

授業中に涙を流し、教師の注目を集めた上で、千春を犯人に仕立て上げろとでも命令されていたのだろう。恐らくは、言うことを聞けば、いじめの標的から外してやるとか、そういう類の交換条件で。

気付いてしまえば、答え合わせは簡単だった。

樺沢の取り巻きたちが、笑いを堪えている。教師に見られないように顔を隠して、呆然と立ち尽くす千春の醜態を嘲笑っている。

それは違うだろ。

幾ら何でも卑怯だろ。

胸の中心で、言葉にするのも難しい怒りが燃えていた。

俺は他人様に誇れるような正義感は持ち合わせていない。でも、これは違うはずだ。

波風なんて立てたくないが、こんな形で千春が貶められるのは……。

「冬子さん。もう一度だけ質問させて下さい」

俺が立ち上がるより早く、千春が口を開いた。

「それを書いたのは誰ですか？」

千春の顔に穏やかな微笑が浮かんでいる。

これが千春を貶めるための罠なのであれば、樺沢は最後まで口を開くべきではなかった。勝利宣言のつもりか知らないが、あれで一部の人間には真相が明らかになった。

幾ら鈍感な千春でも、悪意の主犯に気付いたはずだ。

しかし、彼女はもう一度、同じ質問を繰り返した。

概ねのからくりを把握した上で、あえて、もう一度、友達の心を確かめた。

峰倉。信じろ。

頼って良い。大丈夫だ。千春なら心配いらない。

お前も友達なら分かるだろ。あいつは普通の女じゃない。でも、だからこそ、お前を守ってくれる。卑怯にも自分を売ろうとした人間だって、絶対に見捨てない。

「……あなたです」

漏らすように告げた峰倉の瞳から、再び、涙が溢れ出した。

今度も演技だろうか。それとも、今度こそ本物の涙だろうか。

答えは分からなかったけれど、

「そうですか。分かりました。では、謝罪します。申し訳ありませんでした」

千春は寂しそうな顔でそう告げて、自分の席に戻って行った。

生徒への関心が希薄なうちの担任教師に、この茶番劇の真相が読み解けているとは思えない。斉藤は何かを言いかけてその手を伸ばしたが、適切な言葉を見つけられなかったのか、そのまま固まってしまった。

峰倉は両腕で顔を隠し、机に突っ伏して泣いている。

やがて少女のすすり泣く声に耐えられなくなったのか、斉藤が混乱を振り払うように髪の毛を乱暴にかいた。

「三宅。お前に話を聞かなきゃいけない。教務室まで来てくれ」

窓際の席に戻っていた千春は、無表情のまま降り続く雨を見つめている。

斉藤の問いかけに対しては頷いたが、振り向くことはしなかった。

「皆は宿題として配ったプリントを解いていてくれ。俺が授業時間内に戻って来られなければ、日直はプリントを集めておいて欲しい。じゃあ、三宅、行くぞ」

残り時間の過ごし方を生徒たちに指示して、斉藤は渋面のまま教室から出て行った。

凍てついた教室に、峰倉の嗚咽だけが響いている。

ついて来るよう言われたのに、千春は微動だにせず、雨を見つめていた。

「先生、待っているよ。早く教務室に行った方が良いんじゃないの」

樺沢がせせら笑うように口を開き、

「授業が中断すると迷惑なんだけど。早く行きなよ」

宮島がその後に続いた。

何か言わなければならない。第三者の俺が、おかしいと声をあげなければならない。

そう思うのに。はっきりとした怒りがこの胸で燃えているのに。

静まり返った教室に怯んでしまい、口を開くことが出来なかった。

どう考えたって、大半の生徒が真相に気付いている。普段から樺沢の顔色を窺っているクラスメイトたちが、事態のからくりを察せないはずがないのだ。だが、誰も、何も言えない。樺沢たちに意見出来る生徒など、五組には存在しない。

千春は席に座ったまま、小さく一度、深呼吸をして。

それから、穏やかな顔のまま、何も言わずに教室を出て行った。


あの後、教務室に呼ばれた千春が、教師に何を言われ、問題がどう片付いたのか、俺は知らない。ただ一つ、確かなことは、あの事件以降、千春がクラスメイトたちから明確に避けられるようになったということだ。

もともと千春は特定の誰かと親しくしていなかったから、教室で一人きりでいても目立つことはない。

しかし、はっきりと、それまでとは立場が変わった。

次なる標的になることを恐れて、皆が、千春から距離を取るようになった。


やる気があろうとなかろうと、全員の気持ちが一つになっていようといまいと、挑戦の対象が学校行事のレベルなら、練習した時間は裏切らない。

二学期最大のイベントである合唱コンクール、当日。

二年五組は目標であった金賞を獲得し、三学年を通した審査でも優勝を果たした。

樺沢はまるで映画の主人公のように涙を流していたし、彼女の友人たちも勝ち得た結果を全力で喜んでいた。同級生たちも、ここ数日の鬱屈とした空気を払拭するように笑みを浮かべていた。

千春も、峰倉でさえも、勝利を喜んでいたのに。

五組の中で、恐らくは俺一人だけが、どうでも良いと思っていた。

こんなことよりも、百倍も気にしなくてはならないことがあると確信していた。

放課後、掃除当番が割り当てられている週に、最後まで教室に残っているのは、大抵、千春だ。部活動があるから。持ち場の清掃を終えたから。理由を付けて、おざなりに務めを果たした同級生たちが足早に去っていく中、いつだって千春が最後まで清掃用具を手にしている。

五組の教室が特別に清潔なのは、彼女が極めて几帳面なタイプだからである。

合唱コンクールで勝利した日の翌日も、放課後の風景は変わらなかった。

洗い終えた雑巾を手に、一人で教室に戻って来た千春は、もう誰もいないと思っていたのか、俺を見つけて驚いたように小さく口を開けた。

「バレー部はお休みですか？」

「いや、平常運転だと思うよ」

「もう部活動は始まっていますよね」

「そうかもな」

「博人君が寂しがっていますよ。きっと」

掃除用具をロッカーに片付ける千春を横目に、教室の二つの扉をどちらも閉めた。それから、不思議そうにこちらを見つめてきた彼女の前に立った。

俺たちはどちらも声の通るタイプじゃない。廊下側のドアと窓はすべて閉めたから、たとえ聞き耳を立てられても会話は届かないはずだ。

この状況で待ち伏せしておいて、取り繕う意味もない。

「峰倉のノートに、あんなことを書いたのは、お前じゃないだろ」

本題から切り出す。

「峰倉をコントロールしていた奴がいることにも、気付いているだろ」

消えそうな微笑を湛えたまま、千春は一つ、二つと、頷いた。

「静時君。昨日のコンクール中も怒っていましたよね。それが原因ですか？」

「コンクール中？　馬鹿を言うな。三日前のあの瞬間から、ずっと、怒っているよ。お前だって分かっているよな。黒幕は樺沢たちだって」

確信を込めて告げたのに、千春は小さく首を横に傾げた。

「驚きました。静時君って意外とクラスメイトのことを見ているんですね。同級生には関心がない人なのだと思っていました」

「あるよ。お前の十倍は周りの目を気にしている」

「そうなんですね」

犯人を名指しして、こっちが怒っているというのに。

何でこいつは、へらへらと笑っているんだ。

「どうして告発しなかった？　斉藤はお前らのやり取りを目の前で見ていた。どっちが正しいかなんて、きちんと説明すれば、さすがに分かったはずだ」

「私がそれを話したら、冬子さんの立場がなくなるじゃないですか」

「自業自得だろ。そもそも峰倉だって被害者だ。あいつが責められることはない」

「でも、彼女と、それを指示した人たちの間には、亀裂が走ります」

「それで何が困るんだよ」

「思うんです。きっとね。皆が静時君や私のように強くあれるわけじゃありません。冬子さんだって悩んだはずです。苦しんだはずなんです。その上で、ああするしかなかったんだから、私はそれを受け入れます」

「お前のそういう感覚、理解出来ない」

「何もかも丸く収まったじゃないですか。私を孤立させるという目的は達成されたんだから、冬子さんは解放されますよね。たった一人が悪者になって、皆が笑顔に戻れたんだから、それで良いんです」

「良くないだろ。何言ってんだ、お前」

「静時君。教えて下さい。私、クラスの皆に嫌われていますか？」

「答えはノーだ。樺沢と取り巻きどもが苛々していただけで、ほかの奴らは誰も嫌ってなんていない。皆、自分に関わりのない同級生を気にするほど暇じゃない」

「そうなんですね。安心しました。ただ、苛立たせてしまった人がいるなら、その責任は取りたいです。だから、やっぱりこれで良いんですよ」

「何にも知らないクラスメイトにも、担任にも、軽蔑されたのにか？」

緊張感のない顔で宙を見つめてから。

「はい。だって、それは真実ではないので。気になりません」

「少しは気にしろよ。内申に響くかもしれない」

「先生はそんなこと、わざわざ書かないと思いますよ」

千春は常に物事を良い方に考えるタイプだ。だが、こんな生き方を続けていたら、今後、もっと大きな不利益を被るかもしれない。

「樺沢の攻撃が終わるとは限らないぞ」

「うーん。そもそも樺沢さんがやったことなのかも確信が持てませんけど、もしもまた何かが起きたとしたら、その時は言うかもしれませんね。やめて下さいって。でも、そんなことにはならない気がします。合唱コンクールで、あんなに嬉しそうだったじゃないですか。嫌いな人がいるのは仕方ないけど、その人ばかりに心が囚われるなんて愚かです。樺沢さんはそのくらいのこと、分かる人だと思います」

「納得出来ない。何もしていないお前が貶められることを、俺は許せない」

「私は静時君のその言葉だけで十分です」

目の前で、同級生がこんなにも怒っているのに、千春は嬉しそうに笑った。

「一人でも理解してくれている人がいるなら、それだけで救われます」

「強がりにしか聞こえない」

「私のために怒ってくれて、ありがとうございます。博人君は素敵な親友を持って、幸せですね」


自分が攻撃を受け入れれば、彼女たちの怒りも収まる。千春は楽観的な予想をしていたが、案の定と言えば良いのか、根拠なき期待は外れた。

二年五組は合唱コンクールで目標としていた結果を勝ち取ったが、それはそれ、これはこれということだろう。樺沢たちは千春への迫害をやめなかった。教室の輪から排斥しようと、露骨な態度、言動を取り続けた。

それでも、自分が我慢すれば良い。そう決めた千春は、反撃することも、抗議の声をあげることもしなかった。

ただ、自らの信念を貫き、何ものにも屈せずに、笑顔で登校し続けた。

男子たちは、あの日、本当に千春が峰倉のノートに『死ね』と書いたと思っているのだろうか。それとも薄々、真相に気付いているのだろうか。答えは分からないし、確かめようとも思わない。どのみち教室の空気は変わらないからだ。

多数派の女子に睨まれないよう、いつの間にか男子たちまで、千春を無視するようになっている。

下らない。馬鹿げている。

樺沢たちの反感を買い、自分まで攻撃対象になろうが、知ったことか。

あんな奴らの評価など、こっちは最初からどうでも良いのだ。

千春が女子からも男子からも避けられるようになったと気付いてから、俺は毎日、教室でわざとらしく話しかけるようになった。

どうでも良い話題を振って、何の意味もない会話を繰り返した。

時には千春を笑って、からかって、そんな光景に苛立つ樺沢たちに気付かぬ振りをし続けた。

あいつが一人で困っている時には、必ず、手を差し伸べた。

三宅千春には味方がいるのだということを、樺沢やその取り巻きにも、第三者として傍観しているクラスメイトにも、千春自身にも、示したかった。

悪意に屈して友達を孤立させるなんて、絶対に認めるわけにはいかなかった。

自分で言うと空しくなるが、目つきが悪く、理屈っぽい俺は、見るからに絡んだら面倒くさそうなタイプだ。

樺沢たちも、一派の目に怯える同級生たちも、俺と千春をどう扱って良いか分からないのだろう。少なくとも俺が知る限りでは、無視以上の出来事は起きず、微妙な空気が保たれたまま年が明けた。

そして、長い冬の終わりが見えてきた頃、思わぬ出来事があった。

如月の放課後。

部活動に向かう前に、いつものように最後まで清掃を続けていた千春と、益体もない雑談を交わしていた。

俺たちと一緒にいるところを見られたら、樺沢に何を言われるか分からない。既にクラスメイトたちは全員、教室を去っている。

「お前さ、期末テスト、何位だった？」

俺は今回、過去最高の三位だった。長く十番前後をうろうろしていたけれど、もうすぐ始まる受験イヤーに向けて、エンジンがかかってきたと言って良い。もとより志望校のボーダーは余裕で超えているが、成績なんてどれだけ良くても困ることはない。

「それ、聞きますか？」

「聞く。今回は自信があるんだ。お前に勝てたかもしれない」

「そうだったんですね。だとしたら、ごめんなさい。一位でした」

マジかよ。瞬時に浮かんだ言葉は、口から出て来なかった。

まったく同じタイミングで、峰倉冬子が教室に入って来たからだ。

談笑している俺たちを発見し、彼女の動きが止まる。

無理もない。彼女からしたら、俺たちほど顔を合わせにくいクラスメイトもいないだろう。こちらだって似たようなものだったから、自然と会話が途切れてしまった。

そろそろ部室に向かうつもりだったけれど、千春を残して出て行くのも憚られた。

気まずそうに教室に入って来た峰倉の動きを観察する。

彼女は自らの座席に向かって歩き始めたが、途中で踵を返すと、意を決したような顔で千春の前まで歩いて来た。それから、

「ごめんなさい。私……千春に何度も助けてもらったのに……」

峰倉は今にも泣き出しそうな顔で、深々と頭を下げた。

「怖くて……。あんな卑怯なことしちゃいけないって分かっていたのに……」

峰倉の顔の下で、一粒の雫が弾けて、砕けた。

「顔を上げて下さい。私、何も気にしていません。強がりではなく、本当に」

「でも、私は自分を守るために千春を……どうやって償ったら良いか」

「では、一つだけ質問に答えてくれませんか。気になっていたことがあるんです。冬子さんって東京で児童劇団に入っていましたよね。私が冬子さんのノートを手に取った時の涙って、演技ですか？」

正直、質問の意図がまったく分からなかった。

峰倉も同様だったようで、促されて上げたその顔が、混乱に染まっている。

「深い意味はないんです。演技だったなら、本当に上手いなって思って。冬子さんには凄い才能があるんだって、実はあの時、こっそり感動していたんです」

千春は嘘をつかない。多分、人生で一度も嘘をついたことがない。

つまり、本当にあの時、こいつはそんな場違いなことを考えていたらしい。まさか過ぎる告白だった。

「ごめんなさい。自分でも分かりません。授業中に泣いて、心配した教師の前であなたを犯人に仕立て上げろ。あの人たちに、そう指示されていました。でも、私、あの頃は本当に、嫌がらせで頭が働かなくなっていて。情緒が不安定だったっていうか。もう自分でも訳が分からなくなっていて」

「なるほど。だとすると冬子さんは憑依型の役者さんということでしょうか」

千春と話すために、峰倉には大きな勇気が必要だったはずだ。実際、俺たちに近付いて来る時には、微かに手が震えていた。しかし、こんな頓珍漢な返答をされてしまったら、緊張感も、罪悪感も、台無しである。

「よし。あの日の話はこれで終わりにしましょう。冬子さんも忘れて下さい」

「でも、私、静時君みたいに千春の味方にならないと。そのくらいしないと……」

「必要ない。余計なことはするな」

これは二人の問題だが、名前を出されたのだから、口を挟む権利くらいあるはずだ。

「なあ、峰倉。お前、今も樺沢たちから嫌がらせを受けているのか？」

「いえ、あの後は無視されているだけです」

「じゃあ、もう良いじゃないか。当事者のこいつが気にしていないんだから、わざわざ挑発して、波風を立てるなよ」

「でも、それじゃあ千春は……」

「だから、こいつは普通じゃないんだ。付き合いがあったんだから分かるだろ。大した実害がないなら、こいつは気にしない。強がりではなく、ナチュラルに」

まあ、そのせいで、余計に樺沢たちを苛立たせているわけだが……。

「そうですね。学校では私に関わらない方が良いと思います。冬子さんが気にしてくれているだけで、十分です。でも、良かったら、お休みの日にまた、お菓子を一緒に作りませんか」


あの日、峰倉は、樺沢が作り出す理不尽な空気に、千春と共に立ち向かおうと考えていたようだった。しかし、当事者の千春が現状維持を望んだことで、その後も表面上、二人の関係は変わらなかった。

三月になっても千春は教室で孤立していたし、俺以外の同級生からは露骨に避けられていた。

しかし、最終学年に進級すると、また一つ、新たな変化が生まれた。

休み時間の度に、別のクラスから博人が会いに来るようになったのである。

去年の秋、俺は博人に、樺沢たちと千春が揉めていたことを伝えている。ただ、その後のいざこざについては何も話していない。千春が話さないと決めたことは、俺も博人に伝えないと決めていたからだ。

だが、三年生になり、思わぬ人物が動いた。千春と和解した峰倉が、五組で起きていたトラブルについて、博人に伝えたのである。

自分の恥ずかしい罪を知られることも厭わずに、彼女はすべてを告白し、千春を助けて欲しいと懇願した。

三年一組でクラス委員長を務める石神博人は、背が高く、声も通る。バレーボール部のエースアタッカーで、ルックスも爽やかだから、女子の人気も高い。

所謂、光属性の男子が、休み時間の度に五組に遊びに来て、千春に話しかけるようになったのだ。目立たないでいる方が無理だろう。

策を弄し、半年をかけてクラスの輪から閉め出したのに。

鼻につく優等生を孤立させたはずだったのに。

三宅千春は二人の男子に護られ、笑顔を絶やさない。

樺沢たちは去年にも増して苛立っていたが、博人は俺とは違い、はっきりと評判の良い男子だ。品行方正で教師からの信頼も厚い。友人も多く、後輩にも慕われている。

何より、博人は千春の幼馴染みであり、同じ小学校に通っていた生徒たちは、二人が無二の親友であることを知っていた。

石神博人が三宅千春を裏切ることは絶対にない。陰気な俺一人ならともかく、博人まで一緒に潰すことは難しい。樺沢たちもすぐにそれに気付いたようだった。

峰倉は教室で千春の味方になることが出来なかった。

だが、彼女が動いたことで、長く、一方的に続いた、樺沢と千春の対立は終わりを迎えることになったのである。


俺は教室で、千春の傍にいてやることしか出来なかった。

ただ、孤立させないように味方でいることしか出来なかった。

しかし、博人は違った。あいつは一ヵ月もしない内に、積み上げてきた自身の人間性で、トラブルそのものを終わらせることに成功した。

誰も傷つけずに、本当の意味で千春を救ってみせた。

石神博人こそが、三宅千春を幸せにする。

その事実がたまらなく嬉しかったし、何の曇りもない心で祝福したかった。


だけど、やがて再び訪れた雨の季節。

京都奈良への二泊三日の修学旅行を経て。

俺は想像もしていなかった現実に直面する。

三宅千春が、博人ではなく、よりにもよって俺に恋をしていたのだ。

8

気付けば、時刻は午前二時を回っていた。

この電車に乗り込んでから、もう十時間以上が経った計算になる。

豪雪が原因の立ち往生に巻き込まれるなんて、当然ながら夢にも思っていなかった。

持参していた水筒のお茶は、とっくの昔に飲み切っている。手配されたという水や食料は、未だ電車に到着していない。

俺の携帯電話には、相変わらず一時間に一回くらいの頻度で、千春からのメッセージが届いている。

俺がそれを読まないと知っているくせに、彼女は決して諦めない。

その強靱なメンタルには呆れるばかりだが、心とは裏腹に、千春はびっくりするほど体力がない。極力、関わらないと決めているけれど、どうしたってその体調は心配になってしまう。

二号車の乗客たちは積極的に席を譲り合っているものの、そもそもの座席数が圧倒的に足りていない。

サラリーマンに席を譲られた彼女は、十分ほど休んだ後で替わると言ってきたが、俺と博人は共にそれを断り、別の乗客にその権利を譲った。

この電車に乗っているのは、その多くが社会人や学生だ。とはいえ年配の乗客がいないわけではない。具合の悪そうな乗客も散見される。十八歳で堅強な肉体を持つ俺たちが甘えて良いとは思えなかった。

少し前に、「床に敷いて座って下さい」と言って、乗務員が段ボールを配って回っていた。座席がない扉の近くには、床に座り込んでいる乗客もいる。しかし、ボックス型の座席に挟まれたこの近辺には、腰を下ろすためのスペースがない。

俺たち三人は変わらず、立ったままだった。

ラッセル車が長岡を出発したというアナウンスが流れたのは、もう一時間以上前の話になる。そして、それ以降、続報はない。

本当に、いつまでここで、こうしていなければならないのだろう。

十代男子の俺でさえ、腰と足に耐え難い痛みを感じ始めている。

ここが山場かどうかも分からないけれど、疲労はピークに達しようとしていた。

終わりの見えない状況に誰もが苛立っている。

車内の不穏な空気は、深刻度を増す一方だ。


参考書から顔を上げると、何かを訴えるような目で彼女が俺を見つめていた。

そんな目をしても無駄だ。

千春がどれほどの強さで俺を想っていようと、こちらの気持ちは変わらない。

俺は博人を裏切らない。博人を傷つけるようなことは、絶対にしない。

俺は、千春の想いに応えないと、最初からそう決めている。


午前二時半。

彼女が携帯電話をポケットから取り出した。その手の中で振動が続いている。

メッセージを受信したのではなく、着信だろうか。

立ち往生が始まった当初は、そこここに雑談をしている乗客たちがいた。しかし、何時間も前から、ほとんどの乗客が口を閉ざしている。

静まりかえった空間で喋るのは心苦しいだろうが、これまでにも外部に電話で連絡を取っている乗客はいた。

「誰から？」

画面を見つめたまま固まっている彼女に気付き、博人が口を開いた。

「父です」

「出たら良いさ。家族との通話に目くじらを立てる奴はいない」

博人に促され、彼女は心苦しそうな顔で通話の開始ボタンを押した。

「もしもし、お父さん？　……はい。……はい。大丈夫です。……うん。ほかの車両は分からないけど、水も届いていません。……そうなんですね」

彼女は努めて小声で話しているものの、周囲の乗客には会話が丸聞こえだ。

外の情報が欲しいのは、皆、同じである。気にしていない風を装っていても、実際には、ほとんどの乗客が会話に耳をそばだてているように感じられた。

「さっき見附駅まで乾パンと栄養補助食品が届いたそうです」

一度、携帯電話を耳から外して、彼女がそんなことを俺たちに告げてきた。

見附は帯織の次の駅だ。遠からず食料の配給が期待出来るのかもしれないが、見方を変えれば、この電車がまだ当分動かないことを示唆しているようにも思える。

「……私が乗っていたから？　……どういうことですか？　……センター試験は心配ですけど。でも、そんなの。……私のために判断を変えたってことですか？」

一体、何の話をしているのだろう。

彼女の声に混乱と怒りが混じっていた。

「……迷惑になるので、もう切ります。……大丈夫です。……はい。……はい。……必要ありません。友達と一緒ですから。本当に、もう切ります」

早口に告げて、通話を終えた彼女は、一つ、溜息をついた。

家族と話せたというのに、その横顔には安堵の色が浮かんでいない。

自分から話しかけるつもりはなかったが、状況が状況である。気になることは確認しておいた方が良いだろう。

「お前の父親って、確か……」

「ＪＲの職員です」

「だったよな。もしかして、結構、立場も上？」

「今後、頭を下げることになる役職だとは思います」

「なるほどね。……お前さ、この状況に責任を感じているみたいだけど、心配しなくても、こんなこと誰のせいでもないぞ」

「何の話だ？」

突然、俺が喋り出したからだろうか、博人が不思議そうな顔で割って入ってきた。

「この電車が最初に長時間停まったのは、保内駅の手前でしたよね？」

「ああ。パンタグラフに雪が積もって、停電が起きたんだ。三十分近く停まっていた」

三人の中で、その時も電車に乗っていたのは、新潟市から乗車した俺だけである。

「東三条駅を出発してからも停車しているんです。その度に乗務員が雪かきをして、対応に当たっていました。何度も立ち往生していたわけですから、三条駅でも、東光寺駅でも、運行中止の決定は下せたはずなんです。だけど、恐らくは二つの理由から、その判断が先送りになりました」

「二つの理由？」

「一つは、近隣一帯の地形です。今、父に聞いたんですけど、平野部であれば、通常、電車が立ち往生するほどの積雪にはならないらしいんです。だから、判断を誤った」

「もう一つは？」

「多分……この電車に私が乗っていたからです」

「せめて娘を帯織駅まで届けたかった。そういうこと？」

「はい。今日はお昼からダイヤが大幅に乱れていたじゃないですか。帰宅が遅れると分かった段階で、家族に連絡を入れていたんです。それもあって、父は運行中止を躊躇ったのかもしれません。だから……」

周りに聞かれている状態で続けるような会話じゃない。

さっさと終わらせよう。

「ダイヤを管理しているのは、ＪＲの新潟支社だろ。何人の人間が決定に関わっているのか知らないけど、高校生一人のために運行や中止が決まるかよ。決断に至るまでの要素なんて、並べたら、それこそ百個はあるさ」

早口で最後まで話すと、二人が驚いたような顔で見つめてきた。

「何だよ」

「意外と元気じゃん」

「そんなわけあるか。疲れているよ。うんざりだ」

「静時君が私を励ましてくれるとは思いませんでした」

「事実を言っただけだ。もう、やめよう。いい加減、周りに迷惑……」

その時、背中を後ろから押され、バランスを崩して博人に寄りかかってしまった。

何だ？　何が起きた？

振り返ると、先程まではそこになかった顔があった。

乗客たちの列が不自然に割れている。こいつ、ほかの乗客を無理矢理どかして、ここまでやって来たのか？

睨むような眼差しで俺たちを見つめていたその男に、見覚えがあった。

何度も乗務員に詰め寄っていたサラリーマン。名前は山下《やました》だっただろうか。確か埼玉から出張で来ていた男である。

二号車からは二回、体調不良を訴えた乗客が車外に降ろされている。そして、こいつはその度に、「俺たちも降ろせ」と乗務員に詰め寄っていた。

「今の話を詳しく聞かせてくれ」

語気を強めて口を開いた山下の目が、血走っている。

ただならぬ雰囲気を察したのか、博人が俺たちの前に立った。

「ただの雑談です。お話し出来るようなことは何もありません」

「そっちの女に聞いているんだ。お前の父親、駅員なのか？」

山下が彼女に伸ばしてきた手を、博人が摑んだ。

「放せ。そいつに話を聞きたいだけだ」

「あなたが距離を取るなら放します」

毅然とした態度で博人は告げたが、

「おい！　女！　お前を家に帰すために、電車を動かしたって言ったよな。お前の父親のせいで、こんなことになったのか？　俺たちはどうなるんだよ！」

苛々する。

大声が癇に触る。

「うるさいな。少しは考えてから物を言えよ」

疲労で頭が働いていないからか、思わず心の声が零れてしまった。

「あ？　お前、何て言った？」

「そんな理由で電車が動くわけないだろ」

「でも、そう言ってただろうが」

「言葉のあやってご存じない？」

山下は博人に右手を摑まれている。もう片方の手が彼女に伸ばされ、今度はそれを俺が摑んだ。

「いってえな。そいつの父親がＪＲの職員なんだろ？　ちょっと話がしたいだけだ」

「だから話せることなんてないって言いましたよね」

「じゃあ、もう一度、そいつに電話をさせろ。俺が直接、聞いてやる。お前ら受験生なんだろ？　腹が立たねえのかよ！　センター試験で失敗したら、人生が変わるんだぞ！　分かってんのか？」

「叫ばないで下さい。電話をかけますから」

背後から震える声で彼女が告げ、ようやく山下の手から力が抜けた。

こんな奴の言いなりになるのも癪だが、彼女が良いと言うなら、そうさせるのが賢明なのかもしれない。幾ら詰め寄られたところで、彼女も、俺たちも、本当に話せることがないからだ。

聞きたいことがあるなら、文句を言いたいなら、彼女の父親に直接、言えば良い。あとはもう俺たちの知ったことじゃない。

「……すみません。電池の残量が二パーセントでした。父の電話番号を見せますので、そちらでかけてもらえますか？」

「ああ、それで良いよ」

そう言えば、彼女は随分前からバッテリー切れを気にしていた。

山下に番号を伝えた後、すぐに三人で一号車付近まで移動することにした。

これ以上、山下と関わり合いたくない。

トラブルメーカーだと分かっている相手ならば、予め距離を取っておくべきだ。

同調なんてしたくないけれど、現状に対する怒り、憤りは、俺の中にもある。

渦中の乗客からの問いに、彼女の父親は何と答えるのだろう。

立場上、話せることと話せないことがあるだろうが、立ち往生の被害者に無下な対応は出来ないはずである。

距離を取ったのに、山下のがなり立てるような声からは逃げられない。

うるさいな。

本当に、うるさい。

静まりかえった車内に、耳を塞ぎたくなるような罵詈雑言だけが響いていた。

9

中学三年生に進級すると、すぐに六月の修学旅行に向けての準備が始まった。

行き先は定番と言って良い京都と奈良である。

全員がほとんど同じ行程をゆく遠足ではない。現地では、班ごとの自由行動がメインとなるらしい。

おざなりに班が決まった、その日の昼休み。

「静時君は修学旅行で、どなたと一緒に行動しますか？」

いつものように千春と教室で雑談をしていたら、そんな質問をされた。

五組に顔を出すようになった博人の存在が決定打になり、長く続いた千春への嫌がらせは終わった。少なくとも、露骨な攻撃はなくなった。

とはいえ、千春は相変わらず教室で孤立しているし、いつしか俺も男子の輪から外れてしまった。

「まだ何も考えてないや。神社仏閣に興味がないんだ。鴨川デルタだっけ。妙な飛び石が並んでいる所があるだろ。その辺を散歩しているんじゃないかな」

「特に予定がないなら、一緒に回りたいです」

「そっか。当日はお前も一人か」

博人の介入もあり、迫害はひとまずの終焉を見た。とはいえ、今もクラスメイトたちは樺沢の目を気にして、千春を遠巻きにしている。

俺と同様、形式上、千春も班には所属しているが、

「まあ、周りの奴らからしたら、お前と和気藹々と動くわけにもいかないもんな」

「そういうことではなく、せっかくの修学旅行なので、静時君との思い出を作りたいんです」

「お前さ。そういう恥ずかしいこと、よく真顔で口に出来るよな」

「正直な気持ちなので」

照れも、躊躇いも、彼女の顔には浮かんでいない。

「じゃあ、博人にも声をかけておくわ」

修学旅行で思い出を作りたいのは、あいつも同じだろう。

クラスが違うから、ずっとは難しいかもしれないが、千春がいると知れば自由行動の時間に抜け出して来るかもしれない。


中学生の頃、俺は千春のことを、世間からズレた変わり者だと思っていた。

頭は良いのに、常識が抜けている。誰よりも優しいくせに、実は人の気持ちが微妙に分かっていない。そういう個性に面白みを感じていたわけだが、振り返ってみれば、人の心が分かっていないのは、俺も同じだった。

こちらが気付いていなかっただけで、あいつはずっと、はっきりと言葉にしていた。

だけど、俺は博人と千春が恋人同士になる未来しか想像していなかったから。

本当に、夢にも思っていなかったから。

夜の昇降口でそれを告げられるまで、何一つ気付いていなかった。

三日間の修学旅行が終わり、三条駅からバスで中学校に帰って来て。

正面玄関で教師の口から解散が告げられると、千春に、もう少し話がしたいと言って引き留められた。

六月の日は長い。午後七時半を回っていても、まだ外は明るい。

小雨が降り始めたこともあり、昇降口に避難する。

親が迎えに来るのを待っている生徒もいるが、大抵の生徒は足早に帰っていった。

正面玄関前の広場には、もうほとんど人が残っていない。

「不思議ですね。雨が降っているのに、月が見えます」

「じゃあ、すぐやむのかもな。雲がどっちに流れるかだろうけど」

「静時君。月は好きですか？」

「どうだろう。考えたことないよ」

「では、満月と三日月なら、どちらが好きですか？」

「選べと言うなら、三日月かな。お前は？」

「同じです。細ければ細いほど好きです。ぶら下がったら折れてしまいそうで、心配になりますけど、そこが愛しいというか」

「何だよ、それ」

相変わらず、こいつの思考はよく分からない。

「こうして一緒に見ているからでしょうか。今日の月は一段と綺麗です」

「月なんて別にいつ見ても変わらないだろ。それで、話って何？」

両手を身体の後ろに組み、楽しそうに夜空を見上げていた千春が振り返る。

その顔に張り付いていたのは、いつもの微笑だったが、

「私、六歳の冬に、お母さんが死んだんです」

彼女の口から語られたのは、反応に困る話だった。

「そのお母さんが、死ぬ前に教えてくれました。人生で一番大切なことは、愛することだって。愛すべき人を見つけて、あなたも思いっきりその人を愛しなさいって」

「小学生に伝えるにしては、ませた遺言だな」

「お母さんが死んでから、ずっと、探していました。愛すべき人を」

愛なんて中学生に語れる概念じゃない。それが千春以外の口から零れ落ちた言葉だったなら、俺は鼻で笑ったはずだ。自立もしていないガキが、のぼせて馬鹿なことを言っていると、呆れたはずである。

しかし、俺は千春がいつでも本気であることを知っている。

ただ、その覚悟の強さと想いのベクトルまでは、計り知れていなかった。

「やっと、探していた運命の人が見つかりました」

「そう。そりゃ、良かった」

あの頃の俺は、思い出すのも恥ずかしいくらいに愚かで。世界のすべてを理解したような気でいたくせに、本当は肝心なことを何一つ分かっていなかった。だから、

「静時君のことを愛しています」

それを言葉にして告げられた瞬間でさえ、まだ状況を飲み込めていなかった。

「私と恋人になって下さい」

怖いくらいに真剣な顔で、俺の目を真っ直ぐに見つめて。

あの夜、千春は迷いのない声でそう言った。

10

最初の救援物資、ペットボトルに入った飲料水が二号車に届いたのは、午前二時五十分になろうかという頃だった。

見附駅に到着した乾パンや栄養補助食品は、残念ながら、まだ電車に届いていない。

それでも、水が飲めるだけで随分と違う。

既に喉はカラカラだ。足も攣《つ》りかけていたし、確実に限界が近付いていた。

乗務員から配られた五百ミリリットルのペットボトルの水を、気付けば、一気に飲み干していた。

久方振りに喉を潤せたからか、心なしか先程より頭が冴えている気がする。

周囲の乗客たちを見回して、一つの変化に気付いた。

トラブルメーカーとなっていた山下の姿が消えている。何度も騒ぎを起こしていたし、さすがに居づらさを感じて、三号車か四号車に移動したのだろうか。

「これ、ありがとうございました」

彼女の携帯電話から外されたモバイルバッテリーが、博人の手に戻る。父親の電話番号を山下に教えた後、彼女が博人から借りていたものだ。

「もう良いの？」

「はい。四十パーセントまで回復したので。これだけあれば朝までもつと思います。博人君たちのためにも、余裕は残しておいた方が良いかと」

「運行再開の気配なんて、もう微塵も感じないもんな。ラッセル車は何処を走っているんだろう」

乗客が飽和しそうな怒りを感じているのは、単純に情報が足りていないからだ。現在の電車の状況も、救助の手が何処まで及んでいるのかも、分からない。アナウンスがないせいで、五分後の未来も見えない。

「そう言えば、千春のほかにも知り合いって乗っていたのかな。静時、お前、誰か見ていないのか？」

この電車は四両編成だが、俺は一度、トイレのある一号車に足を運んだだけだ。

「見ていないな。博人は三条駅で随分と待っていたんだろ。ホームで知り合いに会わなかったのか？」

「参考書に目を落としていたからなぁ。そっちの車両に知っている顔はいた？」

数秒、眉をひそめて何かを考えてから、彼女の首が横に振られた。

「博人君と静時君しか見ていません」

「そっか。じゃあ、俺、一号車を見て来ようかな。ほかにも充電が切れて困っている知り合いがいるかもしれないし」

配給の水が配られたことで、車内の空気もわずかながら緩んでいた。

トイレの様子を気にし始めた乗客もいるし、このタイミングであれば、移動してもそれほど迷惑はかからないかもしれない。

ただ、博人がここを去れば、こいつと二人きりになってしまう。

「動くなら今だよな。行ってくるわ」

モバイルバッテリーを握り締め、博人が後方を振り返った。

「お前ってさ、空気が読めるのか、読めないのか、本当に分からない奴だよな」

「自覚はあるよ」

素直な答えが返ってきて、思わず笑ってしまった。

「それなら仕方ないな。行って来いよ。知り合いがいたら連れて来ても良いし、俺たちが移動しても良い」

「分かった。そうしよう」

それから、博人は俺の肩に手を置いて、彼女に向けて笑顔を作った。

「静時を頼む」

「依頼する相手が逆だろ」

「こいつ、意外と不器用だから」

「知っています」

「それは心強い。じゃ、お前らも何かあったら、連絡をくれ」

最後にそう告げて、博人は一人、隣の車両に向かって歩き始めた。

時刻はもう午前三時を回っている。

配られた水を飲み、少しは体力が回復したとはいえ、疲労まで消えたわけじゃない。

周囲には目を閉じる者も増えてきた。

床や座席に腰を下ろしている乗客だけじゃない。吊革に摑まり、立ったまま舟を漕ぎ始めた者もいる。

幸いにして、俺は今のところ眠気を感じていないけれど……。

博人には終始、笑顔を見せていたくせに、二人きりになった途端、再び、彼女の表情が凍りついてしまった。

こいつにこんな顔をさせてしまっているのが、俺だということは分かっている。

だけど、だからって、どうしろと言うのだ。

俺は、千春のことを大切な友人だと思っている。散々無視しておいてなんだが、今でもその思いは変わっていない。

だが、そこまでだ。

何があっても、千春の気持ちには応えるつもりがない。

俺たちの物語が、恋に至ることは絶対にない。

「メッセージは届いているんですよね？」

答える代わりに視線を逸らすと、携帯電話の入っているポケットを指された。

「静時君の気持ちは、静時君だけのものです。でも、会話を拒否するのは、卑怯だと思います」

「だけど、それが俺の答えだ」

「言葉にして下さい。答えが何であっても構わない。どんな言葉でも良いから、あなたの気持ちを返して欲しいです」

11

修学旅行から戻って来たあの夜、俺は、三宅千春からの告白を即答で断っている。

笑ってしまうほどの変わり者とはいえ、その独特の個性には魅力を感じていた。博人のことがなければ、もしかしたら、いつかは好きになっていたかもしれない。そんな未来がまったく想像出来なかったわけでもない。

ただ、俺は博人に大きな借りがある。だから、答えに迷うことはなかった。

千春の想いに応えるなんてことは考えられないし、今後、迷うことも、自らの選択を後悔することもないと、断言出来た。

だから、この話は、あの夜で終わったはずだった。終わるはずだった。

しかし、翌日から、彼女は自らの情熱を隠さなくなった。

そのせいで、一週間もせずに、博人まで気付いてしまった。


三宅千春が櫻井静時に告白して、あっさりと振られた。

一連の事実は、樺沢たちにとって、たまらなく笑える話だったようだ。

千春の失恋を知って以降、樺沢は厚顔無恥にも、馴れ馴れしく俺に話しかけてくるようになった。

突然、俺をファーストネームで呼び始め、ただ千春をからかう目的で、ちょっかいを出してきた。

千春は親友の想い人であり、大切な友人だ。傷つけたくなんてない。

あいつを嫌っている奴らに、嘲笑の材料なんて提供したくない。

俺は明後日の方向に悩みを増やしていたが、当の千春は、人にどう思われるかを気にしない。周りに誰がいても彼女は自らの想いを隠さず、一ヵ月も経たない内に、その恋心は教師すら知るものとなっていた。

俺は何度も、そのつもりがないことを、言葉を濁さずに告げている。

だが、千春は決して諦めなかったし、誰に笑われようと、心を折らなかった。


中学三年生の夏休みが終わって。

教室が受験の匂いに染まっても、彼女からのアプローチはやまなかった。

二年生最後の定期テストで学年一位になって以降、千春は首席の地位を守り続けている。俺も上位五指から漏れていない。

南北に長い新潟県では、二〇〇七年まで公立高校で学区制が採用されていた。県内が八つの学区に分けられており、住んでいる地域でしか進学出来なかったのだ。

学区制が廃止された現在は、何処に住んでいても、すべての公立学校を受験出来る。ただ、博人も含め、俺たち三人は全員、早い段階から志望校を旧第四学区の進学校、三条中央高校に決めていた。

成績で言えば、もっとレベルの高い高校でも余裕で手が届く。だが、通学時間を大幅に増やしてまで通う価値があるとは思えなかった。多少偏差値が変わろうと、高校の普通科で学べることに大差はないはずだからだ。

三条市から出て行くのは、大学生になってからで良い。多くの同級生たちと同じように、俺もそう考えていた。だが、年の瀬が近付き、本格的に高校生活について考え始めた頃、疑問符が浮かんだ。

本当に俺の進路はこれで正しいのだろうか。

三条中央高校は自宅から最も近い進学校だ。それでも、電車通学になることは間違いない。車でも二十分はかかる距離である。自転車で通えないわけではないが、冬場はもちろん、雨が降っただけで、その選択肢は消える。

そう、高校生になれば、どのみち定期券を買い、電車通学になるのである。

同じ高校に進学したら、来年も同じ光景が繰り返されるかもしれない。

俺たち三人は最寄り駅が同じなわけで、クラス編成次第では、これまで以上に千春と接触が増える可能性すらある。

お前とは付き合わない。俺とお前が恋人になることはない。何度説明しても、それは今の気持ちで、明日のことは分からないと言い、あいつは諦めなかった。

冷静になって考えるまでもなく、三宅千春というのは理屈が通じる相手ではない。

だとすれば、必要なのは、物理的な別れではないだろうか。

学校が別になれば、顔を合わせる機会もほとんどなくなる。

電車の進行方向が反対になる長岡方面への進学も考えたが、わざわざ市外に出るのであれば、よりレベルの高い高校に進学したい。新潟市まで通うのは一苦労だけれど、朝早く家を出ることになるから、駅で会う機会も減るはずだ。

新潟市の私立高校を受験する。

本当の動機を話せないまま、希望を告げると、両親は快く許してくれた。

自分が一番行きたいと思う高校を受験しなさいと、背中を押してくれた。

私立赤羽高等学校を受験することは、直前まで誰にも、博人にも、話さなかった。

俺が赤羽高校に進学すると知った千春は、随分と驚いていたけれど、

「同じ高校に通えないのは残念です」

寂しそうに告げてから、何の含みもない笑顔で、合格を祝福してくれた。

千春と同級生になってからの二年間、決して楽しいことばかりじゃなかった。

胃を痛めた季節も、感じたことのない怒りに身を焦がした季節もあった。それでも、確かな温もりを持つ思い出が幾つも残っている。

本当は、もっと長い時間、笑いあっていたかった。

下らない話で、軽口を叩いていたかった。

高校生になっても変わらぬ友達でいられたなら、どんなに楽しかったことだろう。

しかし、残念ながら、俺と千春の時間はこれで終わりだ。

もう二度と、深く交わることはない。たとえ彼女が諦めなくとも、俺は、あいつの人生から緩やかにフェードアウトしていくのだ。


十五の春。

新潟市の高校に入学したことで、日々の風景は大きく変わった。

同じ中学校からもう一人、樺沢美樹も進学しており、またしてもクラスメイトになってしまったが、あいつは女子である。あえて近付かなければ、喋る機会もない。通学で同じ電車になった時も、車両を変えて、顔を合わせないようにしていた。

事実上、知り合いのいない状態で高校生活が始まったわけだが、すぐに沢山の友人が出来た。

政令指定都市で過ごす放課後は、想像以上に新鮮だった。時には栄えている万代《ばんだい》や古町《ふるまち》に繰り出し、中学生の頃には考えられなかったライフスタイルに浸かっていった。

俺は三条市に誇りも愛情も抱いている。ただ、都市のサイズでカルチャーが変わるというのも、誤魔化せない真実だった。

新潟市の高校に進学したことで、俺の人生観と交友関係は間違いなく変わった。

とはいえ、博人との交流まで途絶えたわけじゃない。

石神家には極力立ち寄らないようにしていたけれど、土日祝日に会う相手は、どうしたって地元の友人になる。

高校生になっても俺たちは親友であり続けた。一段階、深い部分まで踏み込んで喋るようになったから、むしろ中学時代よりも仲良くなった。だけど……。

新しい生活が始まっても、変わらず、俺は千春との距離感に悩むことになった。

電車でも石神家でも会わないように気を遣っているのに、彼女の世界から消えたいと本気で思っているのに、毎日のように、お構いなしのメッセージが届く。

雑な返信を繰り返しても、時には反応をやめても、千春は熱量のこもった文面を送ってきた。そして、そのことごとくが個性的で、目を逸らしたいのに、面白かった。

千春は聞いてもいないのに近況を綴り、幾ら言葉を濁しても俺の高校生活を知りたがった。

そんな彼女の行動を、博人は何処まで知っていたのだろう。

博人は何も聞いてこなかったし、高校生になってからは、俺から千春の名前を出すこともなくなった。

彼女の性格を思えば、失恋の消化に時間がかかるのは分かる。

それでも、少しずつ、少しずつ、時間が想いを削り取ってくれるはずだ。

そう期待していたのに、いつだってあいつは予想から簡単にはみ出してくる。


千春は赤羽高校の体育祭と文化祭に一人で来た。

文化祭に至っては、俺が当日、何処で何をしているかまで把握しており、まるで待ち合わせでもしていたみたいな顔で、目の前に現れた。

呆気にとられる俺に、「お久しぶりです」と、屈託のない笑顔を向けてきた。

赤羽高校に友達なんていないはずだし、文化祭にまつわる質問には答えを濁し続けてきた。思い当たる節がなかったからこそ、消去法で、たった一つの答えに辿り着く。

俺たちの中学校から赤羽高校に進学した生徒は、あと一人しかいない。

中学時代、約一年間、千春への嫌がらせを主導していた樺沢だ。

興味がなかったから知らなかったが、赤羽高校の合唱部は全国でも有数の強豪として有名らしい。あいつがわざわざ新潟市の私立を受験したのは、それが理由だった。

高校に入学以降、樺沢とは一度も喋っていない。向こうも、俺なんて知り合いでも何でもないみたいな顔で毎日を過ごしている。

「樺沢。お前、三宅千春の連絡先って知っているか？」

文化祭の一週間後、彼女が一人きりになったタイミングを見計らって声をかけると、一秒と間を置かずに鼻で笑われた。

さすがに勘違いだったらしい。

でも、じゃあ、あいつは一体誰に俺のことを……。

踵を返そうとしたその時、

「気付くの遅くない？」

甘ったるい声で、挑発するように告げられた。

「まさか交流があるのか？」

「元同級生だもん。普通にあるでしょ」

「いつからだよ」

「四月」

「嘘だろ」

「駅で会って、連絡先を交換させられたんだよね。最初は無視しようかと思ったんだけどさ。あんたを振り向かせたいって言われて、面白いから協力することにした。だって笑っちゃうじゃん。まだ諦めてないのかよって。ストーカーって奴？」

他人事だと思って、ふざけたことを……。

「静時ってさ、中学生の時、周りの同級生を小馬鹿にしていたでしょ」

「そんなことあるかよ。お前と一緒にするな」

「私、あんたのスカした感じが嫌いだった。だからかな。三宅に言い寄られて、右往左往している姿を見るのが面白かったんだよね。滑稽で」

「お前、本当に性格が悪いな」

「ねえ、何で断っているの？　あんたも三宅のこと好きでしょ」

答えるのも馬鹿馬鹿しくて睨み付けると、再び鼻で笑われた。

「あれ、もしかして図星？　当たった？」

「あのさ。千春に絡むのをやめてくれないかな」

「はあ？　頼んできたのはあいつなんだけど。まあ、中学時代はこっちも大人げなかったと思うしね。普通に協力するでしょ。あんたに何を言われても、私はあいつに情報を流すから。それが嫌なら、さっさと諦めて付き合えば？」

溜息しか出てこない。

卒業するまで樺沢と絡むことなんてないと思っていたのに。

本当に、どうして、こんなことになっているのだろう。

翌年も、その翌年も、千春は体育祭や文化祭に一人で現れた。

三年生の体育祭では、俺がリレーを走っている最中、あろうことか樺沢と並び、肩を組んで、黄色い声援を届けてきた。

ふざけやがって。俺が中学時代、どれだけ心配したと思っているんだ。

千春が人への恨みを引きずるような人間じゃないことは知っている。

だけど、よりにもよって樺沢とつるむことはないだろ。

お前の恋心を誰よりも笑っている女だぞ。何でそんな奴と……。


俺への想いが消えない限り、千春と博人の未来は始まらない。

そう思って進学先まで変えたのに。

何をやっても上手くいかない。いつだって千春だけが想像通りに動かない。

だから、ある時、とうとう理解した。

三年近く時間がかかってしまったが、ようやく思い知った。

間違っていたのは、俺の中途半端な態度だ。

あいつを本気で振りたいなら、非情に徹しなければならなかった。

優しさなど、絶対に見せてはいけなかったのだ。

失態を自覚したその日から、千春のメッセージを無視し続けてきた。届いたメッセージを開封せず、もう二度と交流を持つ気がないということを、行動で示してきた。

それが、今日までの俺たちの五ヶ月間だった。


二〇一八年一月十一日、木曜日。

歴史に残るだろう最強寒波に、新潟県全域が襲われて。

立ち往生した電車に、俺たちは閉じ込められた。

千春は一号車で、俺と博人は二号車だったけれど、雪が作り出した逃げ場のない密室に囚われた。

そして、日付が変わろうかという頃。

俺たちに気付いた彼女が、隣の車両からやって来た。


博人が二号車から立ち去り、どのくらい経っただろう。

顔を上げると、変わらず、彼女が俺を真っ直ぐに見つめていた。

時刻はもうすぐ午前四時になる。

一つ、溜息をついてから。

携帯電話を取り出して、メッセージアプリを開いた。

その先頭に、三宅千春から送られてきた三百七十八件の未読メッセージが表示されている。最新のメッセージは、つい五分前に送られてきたものだ。

この雪が溶けるまで絶対に逃がさない。

響くはずもない千春の声が、暁に聞こえた気がした。

第三部　恋の灯

1

人は忘れたくない記憶を、いつまで繋ぎ止めておけるのでしょう。

私は大切な家族の笑顔を、最後まで覚えていられるのでしょうか。

小学一年生、六歳の真冬に、母、三宅春那《みやけはるな》は亡くなりました。

もう十一年が経ちましたし、信じられないことに、もう一度、同じだけの歳月を繰り返したら、私は母が生きた年月を超えてしまいます。

ねえ、お母さん。

私は、あの頃、お母さんが願ったような娘になれているでしょうか。

迷い、惑いながらも貫いてきた生き方を、誇って良いのでしょうか。

心臓に先天性の問題を抱えていた母は、子どもの頃から艱難辛苦《かんなんしんく》を経験してきたと聞きます。実際、記憶の中の母は、頻繁に入退院を繰り返していました。

夏休みが始まってすぐに、咳が止まらなくなった母が、長い入院生活に入って。

一ヵ月が経ち、二ヵ月が経っても、回復の目処は立たず。

冷たい雪が降り始めた頃、父が深夜に一人で泣いている姿を目撃しました。

何を聞かされたわけでもなかったのに。それが、そういう意味だと気付いてしまったのは、覚悟しなければならないのだと思い知らされたのは、会う度に母が痩せ細っていったからでした。

毎日、病院までお見舞いに連れて行ってもらいました。

晴れている日など覚えていないくらい、あの頃の記憶は雪で塗り潰されています。

重く湿った雪が、歩くのも難しいくらい深く、降り積もったある日。

病院に辿り着く前に、長靴の中がびしょ濡れになってしまって。

しょげている私に気付いた母が、冗談っぽい笑みを浮かべて奇妙な話を始めました。

「千春《ちはる》の好きな色って何でしたっけ？」

「ピンクです。薄ければ薄いほど好きです」

母が娘の名前に付けてくれた「春」の色だから。今にも白になりそうな、手を放したら消えてしまいそうな、そんな薄いピンクが、一番好きな色でした。

「お母さんはね、身体が弱いけど、代わりに不思議な力があるんです」

「不思議な力？」

「そう。なんと、いつでも雪を降らせることが出来るのです」

「そうなんですか？」

びっくりしました。

だって、そんな力、童話の中でしか聞いたことがありません。

「千春はお母さんが一番好きな色を覚えていますか？」

「はい。白です」

正解すると、母は頭を優しく撫でてくれました。

「千春は記憶力が良いですね。きっと、あなたは、お父さんに似て、とても頭の良い子なのだと思います。勉強も頑張って下さいね」

「はい。頑張ります」

それから、母は窓の外を埋め尽くす牡丹雪に目をやりました。

「最近は、千春がお見舞いに来てくれる時間に、いつも雪が降っていますね。実は、これは私が降らせたものなんです」

「そうだったんですか？　もしかして、お母さんは白い世界が好きだから？」

「正解です。雪が降っていると歩きにくくて大変だと思うけど、頑張って会いに来てくれたら嬉しいです。私も毎日、千春に会いたいので」

そうか。このやまない雪は母が降らせていたのか。

まだ六歳だった私は、世界の仕組みなんて知らなくて。知る由もなくて。だから、本当にそうなのだと思ってしまいました。

母は身体が弱い代わりに、不思議な力を与えられていて。

白が好きだから、窓から見える景色を雪で塗り潰していて。

だから、世界はこんなにも白いのだと、妙に納得してしまいました。


お母さんが危ないかもしれない。

ずっと、娘の前では堪えていただろう言葉が、父の口から零れ落ちて。

乱暴に掴まれたみたいに心臓がぎゅっと痛んだその日。

「私が持っている力をすべて、千春にあげます」

青白い顔で私の手を弱々しい力で握り、母はそう言いました。

「愛すべき人を見つける力。そして、大切な人に愛される力。幸せを叶える術を全部、千春にあげます」

「雪を降らせる力もですか？」

泣きながら尋ねると、母は思い出したように小さく笑って。

「そうですね。全部です。私が持っているものは全部、千春に託します」

涙の止まらない娘の頭を撫でながら、母は笑顔を作ってくれました。

「千春。どうか忘れないで下さい。人を愛することが、人生のすべてです。私のように愛すべき人を見つけて、思いっきり愛して下さい。そうすれば、きっと、お母さんのように幸せになれます」

三十歳にもなれずに死んでしまったのに。

夢だって、やりたいことだって、まだまだ沢山あったはずなのに。

母は死ぬまで、最期まで、家族の前で、ずっと、笑顔でした。

幸せだったと、後悔なんて何一つないと、泣くことしか出来ない父と私の前で、迷いなく断言しました。

どんなに苦しくても、どんなに身体が痛くても、家族を不安にさせまいと気丈に振舞う母のことが、私は本当に、本当に、世界で一番大好きでした。

その年の一番寒い日に、母が亡くなって。

何もかもに片がついた後、父は幼い一人娘を不安なく育てるため、折り合いの悪かった実家に戻ることを決めました。

三宅家は五代にわたり金物製造業を営んできた職人一族です。しかし、家業を継ぐことを拒んだ父は、高校卒業を機に三条市を飛び出しました。

結婚してからも新潟市に住み続け、実家からは距離を取っていましたが、母の死がきっかけとなり、親子が雪解けを果たすことになりました。父は娘のために両親と和解し、十八年振りに三条市に戻ることを決めたのです。

現役の職人である三宅家の祖父は、依然として息子を後継者にと期待していました。ただ、父は引っ越し後も転職せず、三条市から新潟市の職場へと通い続けました。

祖父にも、祖母にも、思うところは種々様々にあったはずです。引っ越した当初は、時折、仕事にまつわる父と祖父母の諍いを耳にしました。

ただ、父が信条を譲ることはなく、いつしか祖父母の方が折れました。

一度は喧嘩別れした息子が、孫を連れて帰って来てくれた。それだけで十分だと考えたのかもしれません。

それ以降、祖父は父ではなく、まだ小学生だった孫の私に、期待を寄せるようになりました。

私は勉強が得意です。でも、手先は器用ではありません。むしろ、どう贔屓目に見ても、不器用な方だと思います。

将来なりたい職業があるわけでもありませんし、祖父母の期待に応えたいという気持ちもないわけではありません。ですが、現実問題として、私に職人が務まるかは微妙なところでしょう。祖父を筆頭に、工房で働く職人たちの技術は、子どもの目から見ても本当に見事なものだからです。


三宅家の斜向かいには、カタログギフト事業を営む石神家《いしがみ》が暮らしていました。

両家は仕事上でも深い繋がりがあり、引っ越してすぐに、石神家で暮らす同い年の男の子、博人《ひろと》君と仲良くなりました。

母を亡くしたことに気落ちし、新しい環境に戸惑うばかりだった私に、博人君はいつでも家族のように接してくれました。学校でも皆と仲良くなれるように、率先して気遣ってくれました。

同じスイミングスクールに通うことになって。

放課後も、時々、夕食を一緒に食べるようになって。

すぐに博人君は一番の友達になりました。


私と博人君は目と鼻の先に住んでいる幼馴染みです。

毎日、一緒に登下校をしています。

本当に仲が良い二人でしたから、いつしか早熟な女の子たちに尋ねられるようになりました。

「千春ちゃんは博人君のことが好きなの？」

答えは簡単でした。

好きです。博人君より信頼出来る友達なんていません。彼が私のことを、同じように信頼してくれていることも分かっていました。

でも、同時に、裏返せない真実にも気付いていました。

私が語る「好き」という言葉は、皆が聞きたかった「好き」という気持ちとは違います。皆が口にする「好き」とは、いつかお母さんが話していた「愛している」という想いのことで、それは、まだ私が出会ったことのない感情でした。

人は、いつまでも、お伽噺を信じる子どものままではいられません。母がくれると言っていた雪を降らせる力。それが冗談だったことには、さすがにすぐに気付きました。

ただ、もう一つの言葉は、変わらず、心の一番柔らかい場所に刻まれていました。

何があろうと手放すまいと、強く抱き締めながら、生きてきました。

私が博人君に抱いている想いは、あくまでも友達としての「好き」です。

だから、私はずっと、探していました。

お母さんとの約束を守るために。

愛すべき人を。

愛したいと心から願える人を、ずっと、ずっと、探していたのです。

2

二〇一八年一月十一日、木曜日。

センター試験を二日後に控えたその日。県内全域が最強寒波に襲われることは、前夜から声高に警告されていました。

普段は自習していく同級生たちも、午前の特別補講が終わると、あっという間に教室から姿を消しました。

朝、出掛けに祖母から、「今日は早く帰って来た方が良いよ」と、アドバイスをもらっています。私自身、それに従うつもりでいました。

しかし、授業後にスマートフォンを確認すると、中学時代の同級生、樺沢《かばさわ》美樹《みき》さんから無視出来ないメッセージが届いていました。

『静時《しずとき》の奴、今日、五限まで特別授業を入れているんだけどさ。美人教師に早く帰りなって忠告されたのに、最後まで出席するつもりらしいよ。』

『この天候だと、信越本線、止まりませんか？』

『その可能性、普通にあるよね。分かっていてトラブルに巻き込まれたら馬鹿じゃん。私はもう帰るけど、あいつが乗る電車は三時頃になると思う。面白いことになるかもしれないから、一応、教えておく。』

『ありがとうございます。ダイヤをチェックしてみます。』

『夏から無視されているんでしょ？　よく心が折れないよね。尊敬するわ。』

『樺沢さんには感謝しています。』

『皮肉だよ。気付け。ま、なんか進展あったら報告よろしく。笑いたいので。』

時計に目をやると、ちょうど正午を回ったところでした。

人生で最も重要なことは、愛すべき人を、愛することです。彼を振り向かせるために出来ることがあるなら、どんな些細なことでも躊躇うわけにはいきません。

午前で帰るつもりだったから、今日はお弁当を持ってきていません。購買でパンを買い、既に閑散としている教室で参考書に向かうことにしました。

彼が乗車するのは、新潟発長岡行の普通電車です。時刻表アプリで調べると、十五時七分出発予定、列車番号４４４Ｍと目星がつきました。

四両編成のその電車は、通常であれば五十分ほどで三条駅に到着します。

三条駅から私たちの自宅がある帯織駅までは二駅、時間にしてわずか七分です。

高校生になってからも何度か彼と電車で会ったことがありますが、ラッシュ時の電車で、それもたった七分で、何が話せるというのでしょう。

彼の自宅は線路を挟んで反対側にあります。帰途は重なりません。その上、いつ話しかけても、急いでいるからと言われ、立ち話すらままなりませんでした。

センター試験は明後日で、しかもこの大雪です。

きっと、今日もほとんど会話なんて出来ないと思います。

それでも、その七分が、彼と同じ電車に揺られるわずかな時間が、特別なものになるかもしれません。

私以外のクラスメイトが去った教室で、スマートフォンで信越本線の運行状況をチェックしながら、英語のテキストに向かっていました。

案の定、遅延が発生しており、４４４Ｍ列車が動き出したのは、定刻より大幅に遅れた午後四時二十五分のことでした。

なかなか動き出さない電車に、彼は不安を覚えていたはずです。帰途が心配である旨を記したメッセージを送ることにしました。

静時君とのやり取りに既読を示すマークがつかなくなって、もう五ヵ月が経っています。私と連絡を取るつもりがないと、彼はそういうやり方で表明しました。

しかし、私はその気持ちに気付いてもなお、めげずに定期的にメッセージを送り続けてきました。

静時君は、もう連絡を取りたくないとは伝えてこなかった。迷惑だと、もう二度とメッセージを送ってくるなとは言わなかった。私はそこに、彼の明かしたくない本音があるのだと信じています。

静時君に言葉が届かないことは悲しいです。

私の存在が彼を悩ませているだろうことも、つらいです。

でも、彼は私のことが嫌いだから避けているわけではありません。おざなりな対応をしても拒絶まではしないのは、迷っているからです。

修学旅行最終日の夜に想いを告げるまで、私たちは毎日、笑顔で、飽きもせずに、何時間でも、お喋りを続けていました。

あの弾けるように笑い合った日々が、嘘や勘違いであるはずがない。強さの程度に差こそあれ、彼の中にも私への想いは絶対に存在しているはずなのです。

微かかもしれないけれど、息を吹きかけただけで消えてしまうほどの炎かもしれないけれど、それでも、絶対に彼の中にも「想い」みたいな熱はあるはずなのです。

今日も送ったメッセージが開封されることはありませんでしたが、私の確信が揺らぐことはありません。

出会ってしまったのだから。見つけてしまったのだから。

絶対に、この愛を叶えなければならないのです。

時刻表アプリで頻繁に運行状況を確認していたため、444M列車が停車を繰り返していることには、すぐに気付きました。

朝から降り続く雪は、やむどころか酷くなる一方です。

偶然みたいな顔で彼と会えたら。帯織駅までの道中でも停車が発生するなら。いつもより少しだけ長く一緒にいられるかもしれません。

平時の道であれば、校舎から駅までは十分ほどの距離です。しかし、今日はこんな天候ですから、ある程度、時間に余裕を持って行動すべきでしょう。444M列車が新津《にいつ》駅を出発したタイミングで参考書を片付け、三条駅に向かうことにしました。深くなっていく雪に足を取られながら駅に辿り着くと、足止めされた乗客たちで、小さな待合室は既にいっぱいになっていました。

ホームとホームを繋ぐ跨線橋に上がり、運行状況を確認すると、件の列車が二つ前の駅、保内の手前で停車しているらしいと分かりました。ＳＮＳに投稿されていた情報から推測するに、どうやら電車に停電が発生しているようです。

待合室が満員となっているからか、跨線橋にも、ホームにも、時間と共に、どんどん人が増えていきました。

電車は停電から復旧した後も積雪による停車を繰り返しているようです。

既に日は落ちていますが、平時では考えられない勢いで、雪が降り続いています。

４４４Ｍ列車は三条駅に到着する前に、運行中止となるかもしれない。静時君を乗せてここまで辿り着けても、帯織駅までは向かえないかもしれない。

天候の行く末など誰にも分かりません。予想なんてしても無駄かもしれませんが、どうしたって自分にとって都合の良い未来を夢想してしまいます。

もしも、ここ三条駅で運行中止が決まったら、静時君はどうするでしょうか。

大通りには消雪パイプが設置されていますが、車で迎えに来てもらうには厳しいレベルの積雪です。単純に、この道路状況なら、歩いて帰った方が早い気もします。私たちの自宅は、三条駅からであれば、ほとんど同じ方向です。

日が落ちても、雪の夜は明るい。白銀の世界を静時君と並んで帰る。そんな風景を想像するだけで、胸が跳ねました。二人一緒なら、絶対に楽しいはずです。指先や爪先が凍えても。どんなに疲れても。それ以上に、心が躍動するに違いありません。

しかし、それも、これも、件の電車が三条駅まで辿り着ければの話です。

祈るような気持ちで、跨線橋の窓から線路の様子を確認していた午後六時過ぎ。

ホームに予期せぬ人影を発見しました。

難しい顔で参考書に目を落としていたのは、博人君でした。

クラスは違うものの、彼も私と同じ三条中央高校の生徒です。彼もすぐには帰らず、学校に残って受験勉強をしていたのかもしれません。

博人君と静時君は親友です。電車で会えば、帯織まで行動を共にするでしょう。申し訳ないけれど、彼がいる場所で、静時君と向き合って話せるとは思えませんでした。

午後六時半を過ぎた頃、４４４Ｍ列車がようやくホームに到着しました。

どれほどの社会人や学生が足止めされていたのでしょう。三条駅では見たことがないほどの勢いで、人々が電車に吸い込まれていきます。

博人君が二号車に乗り込むのを確認してから、階段を下りました。

電車が遅れに遅れたこと、退勤ラッシュの時間を直撃したこと、幾つもの理由が重なり、平時では考えられない乗車率になっています。ホームに下りても、静時君が乗っている車両は特定出来ませんでした。

444M列車は四両編成です。この乗車率では、乗り込んでから他の車両に移動することは難しいかもしれません。一度で正解を引き当てる必要があります。

しばし悩んだ後、私が選んだのは先頭の車両、一号車でした。

赤羽高校の最寄り駅は新潟駅ですから、電車が動き始めた時間を起点と考えても、優に二時間以上乗っている計算になります。保内駅の手前で三十分ほど停車していましたし、何処かのタイミングでトイレに入った可能性もないとは言い切れません。

少なくとも今宵は、博人君と三人で顔を合わせることが望ましいとは思えません。

トイレは一号車にのみ設置されており、博人君は二号車に乗りました。

私が四両の中から選ぶべきは、一号車でしょう。

短い時間で、必死に頭を回転させたのに。

予想は外れ、一号車に静時君の姿はありませんでした。

車両と車両を繋ぐ貫通扉はガラス張りになっています。ただ、トイレは一号車の最後尾に膨らんだ形で設置されているため、この位置からでは隣の車両の様子が確認出来ません。

恐縮しながら乗客の間を縫って移動し、めいっぱい背伸びをしてガラス窓の向こうに見える二号車の様子を覗き見ると、遠くに、頭一つ抜けている博人君の姿が見つかりました。その彼が笑いかけている相手は……。

肩を揺らした人々の隙間に、静時君の横顔が見えて。

一瞬で、身体と喉が熱くなりました。

この熱は、人混みにいるからではありません。

愛する人のことは、愛すべき人のことは、心と同じだけ身体も知っているのです。

会いたい。

目を見て話したい。

もう何ヵ月も聞いていないその声で満たされたい。

欲望と言って差し支えない願いは明確でしたが、二号車に向かって歩き出すことは出来ませんでした。

目の前で静時君と喋ったら、きっと、また、博人君を傷つけてしまうからです。

私は四分の一の賭けに負けました。

今日もまた、彼に届く日ではなかった。そういうことなのかもしれません。


静時君の横顔を見つめていたいという気持ちを必死に噛み殺し、一号車の中ほどまで戻ることにしました。

これまで何度も停車していた４４４Ｍ列車は、三条駅でも乗客を乗せてすぐに出発とはいきませんでした。

動き出さない電車の通路に立ち、参考書を取り出したものの、ページに目を落としても、設問が上手く頭に入ってきません。気付けば、また静時君のことばかり考えてしまっていました。

中学時代の同級生、樺沢さんは、羨ましいことに彼と三年間、同じクラスです。彼女が少し前に流してくれた情報によれば、静時君は東京の大学を受験することを考えているとのことでした。

同じ町に住んでいる今ですら距離があるのに、また離れてしまうのでしょうか。

こんなに傍にいたいのに。あなたでなければ駄目なのに。

彼は、もうすぐ手を伸ばしても届かない場所に行ってしまいます。

誰かに聞いたわけでも、直接確かめたわけでもないけれど、大切な二人のことなら想像がつきます。確信を持って断定出来ます。

静時君が私にそっけない態度を取り続けるのは、親友のためです。彼は博人君を傷つけたくないから、友情に厚い人だから、私を無視し続けているのです。

だから、願うことにしました。

『千春がお見舞いに来てくれる時間に、いつも雪が降っていますね。実は、これは私が降らせたものなんです』

あの日の母の言葉が他愛もない冗談だったと、今の私は知っています。それでも、乗客の皆さんには本当に申し訳ないのだけれど、罪深くも願ってしまいました。

お母さん。どうか一度だけ、あなたの力を貸して下さい。

雪よ。冷たい雪よ。思う存分、降って。

もっと、もっと、激しく降って、この電車を停めて。

そうやって、もう少しだけ、彼の傍にいさせて下さい。

午後九時過ぎ。

激しさを増す降雪に抗えず、東光寺駅を発車してすぐに、電車は完全に停まってしまいました。

一時間が経ち、二時間が経っても、電車が動き出す気配はなく。

疲労も相まって、車内を支配する空気は、どんどん重たいものになっていきました。

乗車後にも静時君にメッセージを送りましたが、相変わらず開封されたことを示すマークはつきません。

図らずも雪の密室となったこの電車に、私も乗っているなんて彼は思ってもいないことでしょう。

しかし、静時君は賢い人です。

動き出さない電車の中、日をまたいでもメッセージが届き続けたら、何かが変だと気付いてくれるに違いありません。そんな期待を胸に、私は一時間に一度、彼へのメッセージを綴り続けていました。

午後十一時半を過ぎた頃、スマートフォンに一通のメッセージが届きました。

差出人は中学時代の友人、峰倉冬子《みねくらふゆこ》さんでした。

『遅い時間に、ごめん。ちょっと確認したいんだけど、千春って今も静時君に無視されている？』

綴られていたのはシンプルな質問でした。

内容自体は理解出来たものの、質問の意図がよく分かりませんでした。

『こんばんは。努力は続けていますが、現状は変わっていません。』

高校の友人たちは静時君のことを知りません。私の恋路を面白がってくれている樺沢さんを除けば、冬子さんは恋心を相談出来る唯一の友達です。

別々の高校に通うようになってからも、冬子さんは時折、私の家に遊びに来てくれました。そして、会う度に、静時君への想いを真剣な顔で聞いてくれました。

『私、ずっと、千春が無視されていることに納得出来なかったんだよね。思い出したら、どんどん腹が立ってきた。』

冬子さんは関東の私立大学への進学を目指しています。きっと、今日もこの時間まで勉強を続けていたのでしょう。

中学時代、授業についていけなくなっていた彼女を助けたことがありましたし、参考書に向かっている時に、私のことを思い出したのかもしれません。

一緒に怒って欲しくて、一緒に嘆いて欲しくて、心を打ち明けていたわけではありません。ただ純粋に、彼のことを話せる時間が楽しかっただけです。でも、話せることなんて、上手くいかない恋の笑い話ばかりで。だから、いつしか、冬子さんにも悲しい思いをさせてしまっていたのかもしれません。

少しだけ考えてから、正直な想いを返信のメッセージに綴りました。

『冬子さんのお気遣い、嬉しいです。だけど、心配しないで下さい。私は何があっても諦めないし、この恋のために傷つくこともありません。静時君は、私が、私の力で、振り向かせます。』

3

櫻井静時《さくらいしずとき》君と最初に会った日のことを、私は覚えていません。

同じスイミングスクールに通っていたこともあり、自然と顔と名前は認識していました。博人君を間に挟み、喋ったこともありました。とはいえ、すべては小学生が交わす他愛もない話ばかりです。

前髪が長くて。ちょっと目つきが悪くて。普段から斜に構えた、陰のある男の子。

その独特な個性を面白いと感じてはいたものの、小学生時代に特別な感情を抱いたことはありませんでした。

今となっては迂闊な話ですが、当時の私にとって、彼は本当に別の小学校に通う男の子の一人でしかありませんでした。


中学生になり、クラスと部活動が一緒になったからか、静時君は休日、博人君の家に頻繁に遊びに来るようになりました。そして、石神家と家族ぐるみの付き合いがある私とも喋る機会が増えました。

静時君は擦れている男の子で。いつも学校とか社会みたいな何かに、小さな怒りを感じている人でした。

私にはない視点、感覚を持っている静時君の話を聞くのが好きだったし、大人びた思考をする彼のことを尊敬もしていました。それでも、あの頃でさえ、彼はまだ同い年の男の子の一人でしかありませんでした。

既に十分過ぎるほどに友人ではあったけれど、そこに「恋」や「愛」などといった感情は存在していませんでした。

すべてが変わったのは、「真実」と断ずるに相応しいその感情に気付いたのは、中学二年生に進級し、彼とクラスメイトになってからのことでした。

クラス委員長に推薦されて。慣れない役職を全うすることに、ただ一生懸命になっていたある日、不意に、気付いてしまいました。

無我夢中になる余り、周りが見えなくなりがちな私を、何も言わずに、むしろ、そうと悟られないように気を配りながら、助けてくれている人がいました。

教室では、誰といても、どんな時も、冷めた顔で笑っている、静時君でした。

教室に、たった一人、自分のことを気にかけてくれている人がいる。

それを知ってから、少しだけ注意深く周囲を観察するようになり、私は幾つかの気付きを得ることになりました。

その一つが、大抵の場面で、静時君がほかの生徒たちより一秒遅れて話し始めるということでした。

思ったことをその瞬間に口にするのではなく、一秒だけ考えてから、反芻してから、彼は言葉を紡ぐのです。とはいえ、会話が遅いというわけではありません。彼は頭の回転が速く、知識も豊富なので、何でもないような話をしていても、圧倒されていると感じることがあります。

そして、いつしか、この人と喋っている時が一番楽しい。もっと何を考えているか知りたい。そんなことを考えるようになりました。

叶うなら、脳内でナチュラルに踏まれるブレーキを経ずに出てくる言葉を聞きたい。その素顔を覗いてみたい。そんなことを願うようになりました。

古典の授業で知った平安時代の感覚とか、社会の授業で学んだ理解出来ない風習とか、そういう、ほかの人たちにとってはどうでも良いような話題で、静時君との会話は白熱しました。理由はシンプルで、私たちはどちらも、共感出来る話より理解出来ない感覚に興味を抱く人間だったからです。

些末な話題で盛り上がっている時間に、得も言われぬ幸福を感じていました。温度に差こそあれ、きっと、彼も似たような感覚だったはずです。

春よりも夏。

一学期よりも二学期。

秋よりも冬。

時間の経過に背中を押されるように、私たちは仲良くなっていきました。

これは明確な欠点なので、改善しなくてはと思うのですが、私は昔から集団の空気を読むことが苦手でした。

良かれと思ってやったこと、口にしたことが、誰かの癇に障ってしまって。そうやって嫌われてしまうということが、小学生時代にもありました。

中学二年生のあの年、クラスの目立つ女子グループに忌避されたことも、私自身に至らない点が数多くあったからなのだと思います。

いつしか教室で仲間外れのような扱いを受けるようになって。

冬子さんにも私のせいで迷惑をかけてしまって。

クラスメイトにも、担任の先生にも、遠巻きにされるようになってしまったけれど、たった一人、静時君だけが私から距離を取りませんでした。

私がクラスメイトたちから避けられるようになったと気付いた彼は、むしろ明らかにそれまでより話しかけてくるようになりました。

目立つように。皆に分かるように。昨日までより少しだけ大きな声で。作ったみたいな朗らかな笑顔で。私とお喋りをしてくれるようになりました。

味方がいるよ。君は一人じゃないんだよ。

彼はそれを言葉ではなく行動で教えてくれました。

集団の中で除け者とされることに、不安や失意を覚えなかったと言えば嘘になります。

それでも、一人ではないという事実は、ただそれだけで勇気をくれました。

何より、単純に、私は静時君とお喋りする時間が好きだったので、あんなことになった後も、学校は、教室は、心地好いままでした。

複雑ながらも楽しい日々を過ごす中、いつからか、亡くなる前に母が教えてくれた言葉を思い出すようになりました。

「好きな人のことは、その人を愛してしまったことは、心臓が教えてくれます」

彼を想って心臓が痛んだなら、それが恋だと、愛なのだと、母は言っていました。

本音を上手に隠して笑う静時君を見つめる時。

気を遣わせないよう、道化を演じながら助け船を出してくれる彼を想う時。

いつしか胸の奥の奥が、小さく痛むようになりました。それが心臓なのかも分からないけれど、母が言及していた甘い痛みとはこのことだと、気付きました。

私は母が大好きです。

私を誰よりも愛してくれた母の哲学を信じています。

だから、彼に恋をしたと気付いた時から、愛してしまったと自覚したその時から、絶対に逃げるわけにはいかないレースが始まりました。

何度振られても、私に心臓の痛みを教えてくれた彼を、諦めるわけにはいきませんでした。

もちろん、静時君が私を嫌いなら、心底迷惑に感じているなら、話は変わります。

ですが、そうでないなら。彼が私を遠ざける理由が、私自身にないのなら。

この恋を諦めるなんてことは、絶対に有り得ないことでした。

4

午後九時過ぎに停車してから、電車は一度も動いていません。

日付が変わった頃、ラッセル車が午前一時に長岡駅を出発するというアナウンスがありました。しかし、深夜二時を回っても、事態は一切進展を見せていませんでした。

五十分ほど参考書に目を落とし、休憩がてら十分間で静時君へのメッセージを綴る。

そんなサイクルを何度、繰り返したでしょう。

私が送ったメッセージは未だ開封もされていません。

それでも、いつかは届くはずだと信じて、送り続けていました。

彼もまた、この雪に閉ざされた電車に閉じ込められています。

普段は一日に複数回のメッセージを送ったりしません。非常識な時間に連絡を取ったりもしません。一時間に一通、日付が変わってもメッセージが送られてくるなんて、どう考えても普通のことではありませんから、彼もそろそろ一連のメッセージの特異性に気付いてくれるはずです。

午前二時四十五分を回った頃。

ペットボトルに入った飲料水が一号車に届き、配布が始まりました。

待ちに待った救援物資です。

空腹もつらかったけれど、何よりも喉がカラカラでした。

待望の水を流し込むと……。

「高校生さん。君、受験生だよね」

二メートルほど先の席から立ち上がったサラリーマンに話しかけられました。

「はい。そうです」

「明後日。あー。日付が変わったから、もう明日か。センター試験を受ける?」

「その予定です」

「だよね。君、一度も席に座っていないでしょ。受験生なんだから、遠慮しないで休んだ方が良い。センター試験なんて人生を左右する勝負の舞台でしょ。ほら」

彼の言葉に呼応するように、隣にいた若い女性が席を指差し、周囲の人たちも狭い車内で導線を作ってくれました。

「でも、私より具合の悪い人が……」

「水も届いたし状況は改善されていくはず。こんな状況だからね。皆で協力しあおう」

立ち往生が長引きそうだと気付いて以降、周辺の乗客たちは積極的に席を譲り合っていました。私も何度「座りませんか」と声をかけられたか分かりません。

もちろん、疲労は感じています。でも、私は十七歳の高校生です。日中は学校で机に向かっていただけですし、疲れ切って、この電車に乗ったわけでもありません。

「もうセンター試験の時期か」

斜め前に立っていた壮年の男性が感慨深そうに口を開き、歩みを促すように、こちらに笑顔を向けてきました。

「体調を崩したらことだ。早く座りな。その方が勉強も捗るだろ」

皆さんにこんな風に勧められたら、意固地になって断る方が失礼かもしれません。

「すみません。お言葉に甘えても良いのでしょうか」

「もちろん。むしろ、こんな時間まで気付かなくて、ごめんな」
「いえ、そんなことは。お気遣い、ありがとうございます」

十時間振りに腰を下ろすと、自分でも驚いてしまう程、呆気なく身体の力が抜けていきました。

足の裏も、腰も、疲労と痛みで感覚がおかしくなっています。自分を誤魔化すように強がり続けてきましたが、気力はともかく体力的には限界が近付いていたようです。

静時君や博人君は体調を崩していないでしょうか。

午前一時に長岡駅を出発したはずのラッセル車は、未だ現場に到着していません。救援物資は届いたものの、事態解決の糸口はまったく見えていません。

膝の上に参考書を置けるようになったことで、ペンを使いやすくなりました。

気分を変えるために数学の問題集に向かおう。そう思ってページを開いたのに、頭が上手く働きませんでした。一息つけたことで、身体に余裕が出来たことで、隣の車両にいる静時君のことを、再び考え始めてしまったからでした。

博人君の前で静時君とは会わない。そう決めたはずなのに、その声を聞きたいという気持ちを、鎮めることが出来ません。

そろそろ次のメッセージを送る時間です。こんな時刻ですから、メッセージが途絶えないこと自体が、彼へのメッセージとなっていることは間違いありません。不安でも苛立ちでも良い。どんな理由でも良いから、彼に届いて欲しい。どうか、その心の扉を開いて、私と向き合って欲しい。

参考書を閉じてスマートフォンを取り出し、新しいメッセージを綴っていたその時、

「千春」と、聞き慣れた男の子の声が、頭上から聞こえました。

「あれ。どうして」

顔を上げた先にいたのは、誰よりも大切な友人でした。

もしも親友というものを異性から選んでも良いのなら、それで彼が心を痛めてしまわないなら、私にとってそう呼べる人は、世界でただ一人、石神博人君だけです。

その彼が、穏やかな表情で私を見つめていました。

「バッテリー、まだ大丈夫か？」

定期的にメッセージを綴っていましたし、時折、ニュースを確認してもいました。今日は家を出てから一度も充電出来ていません。画面の右上には『8％』という赤い文字が表示されています。

「そろそろまずいなって心配していました」

「そっか。間に合って良かった。これ、使って」

画面を見せると、博人君はモバイルバッテリーを差し出してきました。

「ありがとうございます。博人君はいつも準備が良いですね」

「千春は席に座れていたんだな」

「受験生は体調に気を遣った方が良いと言われて、先程、譲って頂きました」

「お前は体力がないから心配していたんだ。元気そうで何より」

「あの……博人君は、私もこの電車に乗っていたことに驚かないんですね」

「そりゃ、知っていたからな」

各車両を繋ぐ連結ドアはガラス窓になっていますが、一号車の後部はトイレで視界の大部分が遮られています。日付が変わる前から、トイレ待ちの行列が常に出来ていましたし、二号車から私の姿は確認出来なかったはずです。トイレを使用するために一号車に移動して来て、私を見つけたのでしょうか。

「乗車した後、窓からホームを歩くお前の姿が見えたんだよ」

「そうだったんですね」

「立ち往生がこんなに長引くなんて思わないだろ。帯織で降りてから声をかけりゃ良いやと思っていたんだけどさ。さすがに心配になって」

どうやら、私たちは共に、お互いが隣の車両にいると気付きながら、動かないと決めていたようです。

「千春。ごめんな」

「何の話ですか?」

「本当に電車がすぐに復旧すると思っていたんだ。こんなことになるなんて夢にも思っていなかった。でも、それも言い訳だな。千春も乗っているって知っていたのに、大事なことを伝えられずにいた。隣の車両に静時も乗っているんだ」

私が博人君の前で静時君の話題を出さなくなったように、いつしか彼も親友の名前を口に出さなくなりました。

お互いの想いを理解した上で、お互いを大切な親友だと感じているから。傷つけたくなくて。悲しい思いをさせたくなくて。気付けば、私たちはどちらも静時君の話題を避けるようになっていました。

「博人君」

「ん?」

その名前を呼ぶと、いつも彼は澄んだ優しい目で応えてくれます。

だから、私のことを誰よりも理解してくれている友達に、正直に。

「実は、私も知っていたんです。樺沢さんに、静時君が午後まで特別授業を入れていることを聞いていたので。ダイヤが乱れたら電車で会えるかもしれないなって」

「そっか。樺沢と連絡を取っていたんだっけ」

「はい。アプリで電車の運行状況を追っていたので、多分、静時君も乗車しているだろうなって期待しながら、選んで、一号車に乗りました」

「でも、静時は一号車にはいなかった。移動しなかったのは、俺を見つけたからか？」

曖昧に頷くことしか出来ませんでした。

「悪い。気を遣わせちまったな」

満員なんて言葉が可愛く思えるような車内です。

周囲の人たちに会話はすべて筒抜けですし、そうでなくとも博人君に恥をかかせるような真似はしたくありません。

「私は博人君の優しさに甘えてばかりです」

「逆だよ。遠慮してばかりじゃないか」

「意外とそんなことないんですよ。この電車に乗ってから、もう十時間くらい経ちますけど、ずっと、アプローチを続けていました」

「どうやって？」

「一時間に一度、メッセージを送っていたんです。こんなシチュエーションで、日付が変わってもメッセージが送られ続けてきたら、変だなって思うじゃないですか。いつか私もここにいると気付いてくれるかもしれない。そう期待していたんです」

「そんなことをやっていたのか」

「はい。そのせいで充電が危なくなりました」

その時、本当に久しぶりとなる車内アナウンスが始まりました。

『ラッセル車がただ今、押切駅を通過した模様です』

事態の進展を明確に示すものだったからでしょう。あちこちでどよめきが上がり、時刻を確認すると、午前四時を回ったところでした。

帯織の次が見附で、押切はさらにその先の駅になります。押切の次が北長岡で、その次の駅が午前一時にラッセル車が出発した長岡です。駅と駅の距離は一定ではありませんが、単純に考えるなら、ラッセル車は二つの駅を越えるのに三時間かかったことになります。この電車は帯織と東光寺の間で立ち往生していますから、ラッセル車が到着するのは、まだまだ先の話になるのかもしれません。

博人君は幼馴染みで、親友です。

大切にしたい。傷つけたくなんてありません。

でも、静時君を振り向かせたいなら、望む愛を手にしたいなら、彼を傷つける覚悟すら決めなければならないのかもしれません。

充電切れの心配がなくなったメッセージアプリを開くと、

「あ……」

「どうした？」

「メッセージが開封されています」

五ヵ月振りに、彼が、私の想いを受け取っていました。

ただメッセージを読んでもらえたというだけなのに、それに気付いた瞬間、涙が溢れそうになりました。

泣いている姿を博人君に見られるわけにはいきません。必死に堪えましたが、誤魔化せたかは分かりません。

「あの、私……」

「ああ。分かっている」

博人君は反対側を向くと、鞄の中から参考書を取り出しました。それから、

「千春。頑張れ」

背中を向けた彼から届いた励ましの言葉が、幸せな鼓膜に滑り落ちていきました。

5

私は学校が好きです。

つらいことや悲しいことがなかったわけではありません。それでも、中学生時代の最後の一年間は、人生で一番と言っても良いくらいに楽しい日々でした。

毎日、登校するだけで、愛する人と会えました。

静時君の声が、仕草が、時々見せてくれる笑顔が、大好きでした。

それが苦笑いでも、呆れからくる苦笑でも、関係ありません。

私のことを考えて、私のために彼が笑ってくれる時間が、たまらなく幸福でした。

付き合って欲しいと何度も告白しましたし、その度に明確な言葉で断られています。

「悪い。ごめん」

「千春とは付き合わない」

「俺はお前の恋人にはならない」

何度振られても、諦めるなんて考えられませんでした。

だけど、時の流れは残酷で。いつまでも同じ教室で笑っていたいと、どれだけ願っても、卒業の日がやってきてしまいました。

高校生になり、学校まで変わってしまったけれど、私は気付いていました。

静時君があんなにも遠い高校に進学したのは、博人君のことを思い、私と距離を取るためです。

クラスメイトだった二年間を通じて、私たちは特別な友人となっていました。

恋人にはなれなくとも、大切な人だと感じているから。

私を傷つけたくないけれど、親友を裏切るわけにはいかないから。

静時君は、私と博人君のために、誰にも相談せずに進学先を変えたのです。

冬子さんとは高校が別になりましたが、卒業後も関係性は変わりませんでした。

彼女は数ヵ月に一度、思い出したように遊びに来ては、何の進展もない恋の話を、真剣に聞いてくれました。そして、中学生の頃と変わらず、料理やお菓子を作っては、博人君に食べてもらっていました。

そんなある日のこと、ふと不思議なことに気付きました。

それは、冬子さんが何故か博人君にだけ敬語を使うということでした。

二人が知り合ってから、もう三年以上経っています。何度、一緒に食事をしたか分かりません。私やほかの同級生とは普通に話すのに、どうして博人君に対してだけ一線を引いたような言葉遣いを続けているのでしょうか。

理由を尋ねると、予想もしなかった答えが返ってきました。

「ごめんね。私、博人君のことが好きかもしれない」

「どうして、『ごめんね』なんですか？」

「だって博人君は千春の親友じゃない。嫌じゃない？　自分の親友を好きかもしれないって言われたら」

首を横に振りました。

「驚きました。でも、嫌だなんて思うわけないじゃないですか。博人君みたいに優しい人はほかにいません。彼は女の子に想われるに相応しい人です」

素直な感想を伝えると、何故か苦笑されてしまいました。

「変わってるよなぁ。千春は」

私を見つめて、しみじみと呟いた後で、

「でも、博人君はそういう千春が好きなんだものね。だからだよ」

「どういう意味ですか？」

「私は千春にはなれない。なりたいわけでもない。でも、博人君が好きな女の子を真似していたら、少しくらいは興味を持ってもらえるかなって思ってね」

「それで敬語を？」

「うん。まあ、話し方を変えるタイミングを逸したっていうのが、一番の理由だけど。もうちょっとこのまま続けてみようかなって」


自由な恋愛が許されている、こんな時代です。

誰が、誰に、想いを寄せても、きっと、誰かが何処かで傷つくのでしょう。

それでも。痛みを覚悟しながら進んだ先に、たとえ光などなくとも。

私がこの歩みを止めることはありません。


傷ついても。

失っても。

人の命は愛がすべて。

私はそう信じているからです。

6

五ヵ月振りに、静時君が私からのメッセージを読んでくれました。

冷たい振りをしていても、本当は極めて優しい人です。体力のない私を心配していたからでしょうか。それとも、こんな状況にもかかわらず、一時間に一度、メッセージを送り続けてくる私への戸惑いからでしょうか。

答えは分かりません。悔しいけれど、彼の気持ちを知る術がありません。

それでも、身体中を巡る血液の温度が上がるのを感じました。続けて良かったと、信じ続けて良かったと、心の底から思いました。

メッセージに既読を示すマークがついただけで、返信があったわけではありません。

ただ、これでもう一度、戦うことが出来ます。

ラッセル車が到着し、この電車が動き出すまで、あとどれくらいでしょう。

参考書に向かい続けるならともかく、残された時間を返信のために使うなら、数少ない座席を十七歳の私が占有すべきとは思えません。

一時間以上、休ませてもらいました。周囲の方々は、受験生なんだから遠慮せずに座り続けてと言ってくれますが、体力はもう十分に回復しています。

静時君がメッセージを読んでくれたお陰で、気力も活力も取り戻せました。足や腰は痛むものの、眠気は微塵も感じません。

近くにいた女性に席を譲り、博人君と背中合わせに立って、電池切れの心配がなくなったスマートフォンを再び手に取りました。

これは人生を左右するかもしれないメッセージです。途中で誤送信してしまうことを避けるため、メモアプリを開き、まずは下書きをすることにしました。

『こんばんは。まだ外は暗いですし、おはようございますと言うには、少し早いですよね。静時君が体調を崩していないか、それだけが本当に心配です。』

ようやく届いたのです。

正確に、過不足なく、想いを伝えねばなりません。

『最初に、こんな時間までメッセージを送り続けたことを謝罪させて下さい。どうして今日は深夜になってもメッセージが送られてくるのだろうと、不安を覚えさせてしまったと思います。正直に白状しますね。すべては、あなたの気を引くためでした。平時とは異なる行動で、私も電車に閉じ込められているのではと推測して欲しかったのです。

だけど、先程、こちらの車両に移動して来た博人君に聞きました。二人は三条駅を出発する前から、私もこの電車に乗っていることに気付いていたんですね。すべて見通されていたのだと思うと、何だか恥ずかしいです。』

伝えたいこと、伝えなければならないことは、数え切れないほどあります。

『静時君は私に怒っていますか？　何度振られても諦めない私に呆れていますか？　どれだけ邪険にしても追いすがる私のことを、しつこい女だと感じていますか？　信じてもらえないと思いますが、私はこれでも最大限の遠慮をしていたのです。あなたを困らせるのは本意ではないからです。本当は、朝も、昼も、夜も、声を聴きたいです。毎日、会いたかったです。だけど、それでは困らせてしまうから、会いに行くのは特別な時だけと自制していました。メッセージを送るのも、読んでもらえていないと気付いてからは、一日一通と決めました。ならば、どうして今日は行動を変えたのか。それも説明させて下さい。答えはシンプルで、静時君が県外の大学に進学するつもりであると聞いたからです。こんな時代です。距離を隔てても届くものはあるでしょう。だけど、その事実は、私にとっては一生を左右するほどのことでした。軽蔑されたとしても、愛想を尽かされたとしても、あなたが遠くに行く前に、伝えないわけにはいかないと思いました。こんな気持ちでこれからの人生を歩むことは出来ないからです。』

一つずつ、募る想いを文字にしていきます。

『年末に一度、帯織駅で静時君の姿を見かけました。赤羽高校の文化祭にお邪魔して以来でしたから、あなたの顔を見るのは三ヵ月振りでした。そして、たったそれだけのことで、その晩は眠れなくなりました。二年間、同じ教室で過ごしたのに。写真だって沢山持っているのに。あなたの顔を忘れたことなんてないのに。会う度に、やっぱり胸は高鳴るのです。高校で三年間クラスメイトだという樺沢さんのことを、どれほど羨ましく感じていたか、語り始めたらそれだけで夜が明けてしまうと思います。』

ずっと言いたくて。

だけど、言えずにいた言葉たちも、こんな雪の夜なら綴れる気がしました。

『もう二年近く、博人君とは静時君の話をしていません。彼も話題にしないし、私もあなたの名前を口にしないようにしていました。二人は今も、変わらず、一番大切な友人のままですか？　博人君は私にとっても親友です。幼馴染みであることを誇りに感じています。ただ、同時に、一つだけ、どうしても、あなたに理解して欲しいことがあります。それは、私が博人君の恋人になることはないということです。願望を含む推測と言われるかもしれませんが、静時君が私を避けているのは、博人君の恋を応援しているからですよね。しかし、それは何の意味もない行為です。私は、私が博人君を愛することはないと、断言出来ます。人間として博人君に好意を抱いていますが、それ以上に、比べものにならないほどに、静時君のことを尊敬しているからです。あなた以外に私の一番はいません。家族、友人、あなたの魅力を理解出来る人間は沢山いるはずです。だけど、あなたの一番の理解者になれる人間は私です。だから、どうか、こうして想いを伝え続けることを許して下さい。そして、どんなに短い言葉でもいいので、お返事を下さい。静時君から言葉をもらえるだけで、私は飛び上がるほどに幸せだからです。』

我ながら苦笑してしまうほど、重たい文面です。

でも、仕方ありません。だって、これが正直な気持ちなのですから。

推敲を重ねてから、祈るような気持ちで、一世一代のメッセージを送信しました。

すぐに、もう一度、既読を示すマークがついて。

たったそれだけのことで、再び涙が溢れそうになりました。

間違いではありませんでした。彼は誤操作で私のメッセージを開いたわけではなかったのです。

返信が届くかは分からないけれど、彼はもう一度、私と向き合おうと決めてくれた。そういうことなのだと思います。

一心不乱にメッセージを綴っている間にも、車内の様子は変化していました。

停車以降、電車の外に出ることを認められたのは、体調を崩し、救急隊員に運ばれていった乗客だけでした。

人家の灯りも届かない場所です。外は腰まで埋まるほど雪が積もっており、視界は吹雪で遮られています。鉄道会社は万が一の事態を想定し、これまで一貫して乗客を外には出さないという方針をとっていました。

しかし、終わりが見えないように感じた夜も、もうすぐ明けます。

ラッセル車が到着するのはまだ先になるようですが、付近の道路の除雪は進んでいるはずです。

午前四時半を過ぎた頃から、列車付近まで家族などが迎えに来た乗客に限り、降車することを許されるようになりました。

私は中学生の頃から、何度も静時君に想いを伝えてきました。

だから、久しぶりではあっても、これが初めての告白というわけではありません。

博人君の存在にまで踏み込んで本音を打ち明けたのは初めてですが、想いに何を足しても、引いても、今更、彼が私の告白に驚くことはないと分かっています。

それでも。

今度こそ届くと信じて、願って、精一杯の想いを綴りました。

ねえ、静時君。

もしも、ここが私とあなたしかいない世界だったなら、あなた自身の心だけで答えを出せる世界だったなら、あなたは私とどう向き合うのでしょうか。

どうか答えを、嘘偽りのないあなたの心を、私にくれませんか?

7

ペットボトルの飲料水が乗客に配られたのは、午前三時前のことでした。

それから約二時間の時を経て、午前五時になろうかというタイミングで、今度は非常用の携帯食が配られました。

私と博人君が手にしたのは、チョコレート味のビスケットです。

周囲から漏れ聞こえてくる話によれば、一号車にだけ設置されているトイレは、詰まってしまい、水が流れなくなってしまったそうです。

一時間待ちと噂されていた行列が消えているように見えるのも、それが理由かもしれません。

トイレが使える保証がない状態で、何かを口にするのは怖いです。でも、お腹が減っていては、頭が働きません。

あと三十時間もしない内に、二日間のセンター試験が始まります。

こんな場所で、こんな日に、倒れるわけにはいきません。万が一の事態に備え、一欠片だけ残して、届けられたビスケットを口にすることにしました。


この時期、日の出の時刻は、午前七時頃です。

あと一時間半もすれば、東の空が白み始めるでしょう。

雪に閉ざされた密室に太陽の光が差し込んでもなお、私と静時君の関係はそれまでと変わらないでしょうか。それとも、この夜を越えたことで、少しでも新しい二人に近付けるのでしょうか。

午前五時十七分、その時は不意に訪れました。

スマートフォンに静時君からの返信が届いたのです。

『ずっと無視していた人間の台詞じゃないけどさ。お前、さっきのメッセージ、長過ぎるだろ。呆れたけど、逆に安心したよ。千春は虚弱だからな。体調を崩しているんじゃないかって、心配はしていいたんだ。一応な。』

自分でも驚いてしまうほど、心臓が強く、激しく、鼓動しています。

五ヵ月振りとなる返信は、実に静時君らしい言葉から始まっていました。

『三百件以上、読んだよ。千春が送ってきたメッセージは、すべて読んだ。その上で言うけど、読まなければ良かった。これを書いている今も、本音を言えば、返事をしない方が良いと思っている。でも、そうすると、また、際限のないアプローチが続くだろ。だから、正直に考えていることを伝える。千春。お前は頭を冷やして、思い込みを一旦リセットして、もう一度、博人のことを真剣に考えるべきだ。お前らは幼馴染みだが、千春は博人の美点をまだ完全には理解していない。あいつの本質を見てくれ。俺は博人が友達だから褒めているわけじゃない。褒めるに値する唯一の友人が、博人なんだ。お前は、博人がお前に恋をしたことを、もっと誇るべきだ。俺の理解者になれると言うなら、俺のことを尊敬していると断言するなら、今一度、冷静になり、俺の言葉を信じて、博人を見てくれ。あいつはお前に愛される価値がある唯一の男だ。お願いだ。博人のことをもう一度、考えてくれ。』

8

『静時君。お返事、ありがとうございます。あなたから言葉をもらえるだけで、飛び上がるほどに幸せだと書きましたが、やはり、その通りでした。返信を読み、ショックを受けなかったと言えば、嘘になります。でも、それ以上に、幸福な気持ちで満たされています。何故なら、あなたの心を知ることが出来たからです。何より、もう一度、こうして気持ちを伝えることを許されたからです。静時君が本音を伝えてくれたので、私も負けずに正直な気持ちを伝えます。たとえ静時君の頼みでも私の答えは変わりません。静時君と出会わなかったら、私は誰を愛したのだろう。眠れない夜に、真剣に考えたことがありますが、答えは明白でした。あなたと出会っていなければ、私は今も、誰も愛していないはずです。私が博人君を愛することはないし、博人君と家族になることもありません。彼は誰よりも大切な友人ですが、私の心と身体が愛した人ではないからです。私が博人君を愛せないことは罪なのでしょうか？　間違いなのでしょうか？　決して、そんなことはないはずです。誰に何を言われても、これから先どんなことがあっても、私は博人君の親友ですし、尊敬し続けます。しかし、彼を愛することはありません。お願いします。どうか言葉の通りに理解して下さい。これこそが絶対の事実で、私の力ではどうすることも出来ないことなのです。たとえ静時君の頼みでも、絶対に聞き入れるわけにはいきません。』

返信を綴っている間にも、一人、また一人と、乗客たちが降りていきました。

夜明けが間近に迫っています。

静時君に言葉を届けられる時間は、彼が私と向き合ってくれる時間は、もうそれほど残っていません。

研ぎ澄まされた言葉で、彼の心を動かさなければなりません。

『私には未来に対する恐れも、選ぼうとしている人生に対する迷いも、ありません。だから、今ここで、私は、私の一生を決めます。静時君。私はあなたが閉ざした扉が開く時を、いつまででも、じっと待つつもりでした。お前が大人しかったことなんてないと言われるかもしれませんが、昨日までの私は、常識的な距離と態度で、あなたの心が動く日を待とうとしていました。しかし、今宵、はっきりと考えが変わりました。私はあなたの扉を叩きます。この想いが届くと信じて、叩き続けます。何故なら、この愛は一生のことだからです。』

言葉にせずとも本当の気持ちなら伝わる。そんな考え、間違いだったのでしょう。私と彼は別の人間です。どんなに相性が良くとも、そうと伝えなければ、言葉にしなければ、理解し合えないはずです。

『静時君。お願いです。どうか私のことを、たった一人の女として見て下さい。博人君は関係ありません。私は私で、あなたはあなたです。博人君に対する優しさを捨て、私のことだけを考えて下さい。そうやって三宅千春のことを考えた時に、あなたが思うことを正直に教えて下さい。それでもなお、違うと言われるのなら諦めます。諦められるとは思えないけど、諦めなければならないということを理解します。静時君は賢い人です。私が言いたいことを何もかも理解して下さっていると確信しています。』

9

『千春とは二年間、同じ教室で過ごした。一緒だったのはその二年間だけだけど、俺が人生で一番喋った異性は、お前だ。だから、こういう返信がくる可能性も考えないわけじゃなかった。引くに引けないメッセージが届くことを恐れてもいた。がっかりしたよ。決定的な言葉を聞きたくなかったから、お前の前から姿を消したんだ。俺さえいなくなれば、いつか必ず、お前は博人を好きになる。そう信じているし、それを一番に望んでいる。お前が予想していた通りさ。俺は千春と距離を置くために、新潟市の高校に進学した。最初はそれが理由だったけど、結果的に、まったく違う感性の人間たちと知り合えたことを、今は感謝している。気付けたこと、学べたことが、山ほどあるからな。千春や博人に対する自分の感情もそうだ。離れたことで、より正確に自分の心を理解することが出来た。なあ、千春。お前に「博人を愛することはない」と断言されると、本当に嫌な気分になるよ。やっぱり千春は博人のことを理解していないんだと、憂鬱な気持ちになる。お前が博人を愛せないなんて嘘だ。あいつの本質を知れば、必ず好きになる。そして、きっと、その想いは愛に変わる。誰よりも幸せな恋が出来る。千春。お前は俺を知らないんだ。美化し過ぎている。俺が博人に勝っている部分なんて一つもない。石神博人ほど三宅千春を理解している人間はいない。お前は俺と恋人同士になっても幸せにはなれない。お前が愛すべき男は石神博人しかいない。』

10

『お願いです。静時君。事実を曲解するのをやめて下さい。私はあなたを知っています。何もかもとは言いません。でも、良いところはすべて知っています。あなた自身も気付いていない内面まで、理解していると思います。あなたがいない人生なんて考えられません。遠慮せずに、これも言わせて頂きます。私は、あなたが本当は私を愛してくれていることも知っています。私の愛よりは小さいかもしれないけれど、あなたは人を情熱的に想える人ですし、私がその対象になっていることにも気付いています。見くびらないで下さい。二年間、毎日、向き合っていたんです。あなたが私に興味を持っていたこと、好ましく感じていたこと、それに気付かないほど、鈍感ではありません。だから断言出来ます。あなたは博人君のために、私に冷たくしているだけです。そして、本当は、そういう自分に迷っているんです。違いますか？　私を突き放す時、あなたの心は何を感じていますか？　痛みを覚えているんじゃないですか？　私のことを誰よりも理解している人間は博人君かもしれません。それは否定しません。でも、あなたも私の個性を認めてくれていたじゃないですか。面白いって、楽しいって、そう言ってくれていたじゃないですか。皆に忌避されていた私から、それでも離れなかったのは、あなたが私に好意を抱いていたからです。時代錯誤だと笑われようと、言わせて頂きます。私の夢は、あなたのために生き、あなたを笑顔にすることです。どうか私の一生の願いを、友情を理由に拒絶しないで下さい。あなたが私を想っても、博人君はあなたを軽蔑なんてしません。お願いします。どうか逃げずに、あなた自身の心を聞かせて下さい。櫻井静時が三宅千春をどう想っているかを、正直に教えて下さい。』

気付けば、夜が明け、雪はやみ、窓から眩しいほどの朝日が差し込んでいました。

車窓の向こうに、陽光を容赦なく反射する白銀の世界が広がっています。

道路の除雪がおこなわれ、乗用車が近付けるようになった一番近い踏み切りでさえ、列車から五百メートルほど離れていると聞いています。

ここに至るまでの鉄道会社の判断は本当に正しかったのか、私には分かりません。

ただ、この深い雪に覆われた世界を目にすれば、想像はつきます。

断続的な降雪で視界を遮られ、積雪で足下も確認出来ない中、乗客の降車を許していたら、死者が出ていたかもしれません。

ラッセル車はまだ到着していないものの、現場の状況は変わりつつあります。

この二時間半で、家族や知人が迎えに来た乗客たちは、何人も電車から降りていきました。

ただ、今も大半の乗客は腰も下ろせない状況が続いています。

視界に入る誰もが、疲労と眠気にやられ、青い顔をしていました。

「千春。体調はどうだ？」

午前七時十二分。

開いたドアから流れ込んできた寒気に身体を震わせると、背中から私を気遣う優しい声が届きました。

「身体はきついですが、心は元気です。博人君は？」

「お前より先に弱音を吐きたくないけど、正直、限界が近い。足も、腰も、痛みを通り越して感覚がなくなってきた」

背中合わせで続ける会話ではないでしょう。

足を踏み替えて振り返ると、ちょうど彼もこちらを向いたところでした。

「どなたかに頼んで座らせてもらいましょう。博人君も受験生ですから……」

「いや、十代の男がそれは出来ない」

「でも、体調を崩してしまったらまずいです。試験は明日ですよ」

「今、父親から連絡があった。家の前の路地まで除雪車が入ったみたいで、車を出せるようになったらしい。これから迎えに来るそうだ。皆のことも送ってくれるって言っているんだけど、それでいいか？」

最後にメッセージを送ってから三十分が経ちましたが、未だ返信はありません。

「太陽も出ているし、雪もやんだ。電車もいつかは動くだろうけど、ラッセル車が到着していないから、まだ数時間は先の話になる。帰る手段があるなら、どう考えてもここで降車した方が賢い。それが俺の正直な気持ちだ。でも、千春が今、何を思っているのかも分かっている。だから判断は任せる。多分、人生を左右することだろうから」

静時君とのやり取りを彼は知りません。

相談もしていません。

それでも、博人君は私の覚悟を正確に理解してくれていました。

「博人君のお父さんの提案は、静時君にも伝えて下さい。その上で、私は、ここで、もう少しやり取りを続けたいと思っていることを伝えます」

「それなら静時には言わないよ」

考えるより早く首を横に振っていました。

「話を続けたいというのは、私の我が儘です。静時君の体調も心配ですし、センター試験は明日です。彼に選んで欲しいんです」

素直な気持ちを伝えると、博人君は優しく笑ってくれました。

「千春のそういうところ、俺には理解出来ないけど。でも、だから、面白いって思うんだろうな。俺も、あいつも。分かった。親の伝言も、千春にそれを断られたことも、同時に伝える」

静時君は今、私への返信を綴っているのでしょうか。

それとも、また、言葉すら届かない時間が始まってしまったのでしょうか。

午前七時四十三分。

アプリを立ち上げると、新しいニュースが見つかりました。

ＪＲ信越本線では三箇所、見附駅、東三条駅、羽生田《はにゅうだ》駅でも、電車が停まったままなのだそうです。とはいえ駅であれば、どれだけ吹雪いていても降車出来るはずです。この４４４Ｍ列車とは大きく状況が異なりますが、ラッセル車の到着が遅れているのは、道中の駅での問題も影響しているのかもしれません。

最後にメッセージを送ってから一時間が経ちます。

『あなたからの返事を心待ちにしていますが、未だ届いていません。決して諦めようとしない私に、今、静時君は怒っていますか？　呆れていますか？　こんな事態に巻き込まれているというのに、私はやっぱり、あなたの心ばかりが気になります。』

石神家の車は、もう自宅を出発していることでしょう。

『博人君からのメッセージは読みましたか？　彼のお父さんが迎えに来て下さるそうですが、私は断りました。決定的な言葉を頂けるまで、ここで、あなたとやり取りを続けたいからです。私は帯織駅に到着するまで、この電車から降りません。だから、どうか、お願いします。返事を下さい。あなたの本当の心を教えて下さい。』

11

午前八時を回った頃。

背中合わせに立っていた博人君が、スマートフォンを取り出しました。

「もしもし。……うん。ありがとう。……分かった。これから降りるよ」

尋ねずとも、彼のお父さんが運転する車が到着したのだと分かりました。

「そうだね。もう一人、同級生の送迎を頼みたい」

一号車だけでも既に二十人近い乗客が降りています。

振り返って窓から外を覗くと、雪原にテレビカメラを構える報道陣の姿が数多く見えました。真夜中にもかかわらず、ニュースサイトでは数多くの記事がアップされていました。

きっと、この立ち往生は、テレビでも報じられているのでしょう。

「千春。俺はもう行くけど、本当に残るんだな？」

「はい。帯織駅に着くまで降りません」

「分かった。じゃあ、これを貸しておくよ」

数時間前にも借りたモバイルバッテリーが差し出されました。

「ありがとうございます。充電が危なくなったら使わせて頂きます」

「あんまり無理するなよ。お前だって受験生なんだから」

頷くと、博人君はいつもの優しい目で微笑んでくれました。

「さっき、静時から返信がきたよ。送迎は遠慮するってさ」

「それは……」

「ああ。あいつもこの電車が動くまで、ここで待つそうだ」

その言葉を聞いた時、まだ何も分からないのに、答えが届いたわけでもないのに、身体が芯から震えました。

私との対話を続けるつもりがないなら、石神家の厚意に甘えることでしょう。センター試験は明日なのだから、遠慮する意味がありません。しかし、彼は、いつ動くかも分からない電車に残ることを決めてくれました。

「うちのじいちゃんが入院していたのは知っている？」

「はい。聞いています。心配していました」

「受験勉強の邪魔をしたくないって言われてさ。俺は年始にしかお見舞いに行けていないんだ。センター試験が終わったら、顔を見に行けるって思っていたんだけど、昨日の夜、容態が急変してさ」

「そんな。じゃあ、博人君のご家族は」

今、この瞬間まで、私は石神家がそんなことになっていたなんて知りませんでした。

張り裂けそうな痛みと葛藤を抱えながら、博人君はこの夜を……。

「父親も、母親も、病院で付き添っていた。だから、電車が動いても、駅まで迎えには行けないって、昨晩はそう言われていた」

博人君の祖父は、びっくりするくらい頭の回転が速く、手先も器用な人でした。

子どもの頃は、私もよく遊んでもらっていました。

博人君が昔から、おじいちゃん子だったことも知っています。

「こんな夜に、どうしてって、ずっと、考えても仕方のないことで落ち込んでいた。でもさ、じいちゃん、持ち直したみたいで。それで、父親が迎えに」

「本当ですか。良かった。大丈夫だったんですね」

「歳が歳だしな。ずっと、回復したり悪くなったりを繰り返していたんだ。だから持ち直したって言っても、これからの保証があるわけじゃない。ただ、もう一度、会えるチャンスはもらえたみたいだ」

何もかもを見通すような瞳を二号車に向けてから。

「千春。世の中には、お前の生き様を笑う奴がいるかもしれない。でも、俺は、いつも勇気をもらっていた。かっこいいよ。お前は昔から、ずっと、一番かっこいい」

「博人君もそうですよ」

「どうかな。じゃあ、父親を待たせても悪いし、本当に行くよ」

「はい。気を付けて」

博人君は手動でドアを開けると、

「峰倉さんは責任を持って家まで送り届ける。安心してくれ」

最後にそう告げて。

疲れなんて知らないような笑顔を見せてから、一号車を降りていきました。

12

冬はつとめて。

ガラス窓の向こう、雪原に反射する眩しい朝日を眺めていると、自然と清少納言の言葉が思い出されました。

中世温暖期に該当する平安時代は、今よりも気温が高かったと聞きます。私は寒さに弱いので、正直、共感しにくいと思っていましたが、今なら少しだけ、彼女の気持ちを理解出来る気がしました。

幼馴染みが電車を降りて十五分が過ぎた頃、念願のメッセージが届きました。

二時間近く心待ちにしていた静時君からの返信でした。

『博人の父親が、峰倉を送ってくれるんだってな。ご丁寧に「逃げたら許さない」なんて捨て台詞を残して、あいつもさっき電車を降りていったよ。言い訳に聞こえるかもしれないけど、なかなか返信出来なかったのは、逃げていたからじゃない。答えを誤魔化すつもりなら、一緒に電車を降りていた。きちんと返信したかったから残ったんだ。それが、見て見ぬ振りを続けていた俺の責務だと思ったしな。正直な気持ちを言えば、千春に返事をする前に、博人と喋りたかった。だけど、あいつは一号車に移動していたし、本音で相談したら、傷つけてしまうことも分かっていた。八方塞がりだったんだ。「事実を曲解するのをやめて下さい」ってお前は書いていたけど、これだけは分かって欲しい。やっぱり親友の好きな女を横取りなんて出来ないよ。友達の心を踏みにじることは出来ない。博人は俺を信じている。そんな友達を裏切れない。今日まで必死に取り繕ってきたけど、見抜かれているみたいだから、認めるよ。お前が博人の想い人でなければ、そりゃ、少しは悩んだかもしれない。でも、そういうことじゃないんだ。俺は、俺の家族は、博人に恩がある。あいつに一番に幸せになって欲しいんだ。なあ、千春。どうして俺なんかを好きになっちまったんだよ。教室で唯一の味方だったからか？　それとも、親友のために冷淡な態度を取るような男だったからか？　俺は今でも、千春が俺を買い被っているだけだと感じるよ。ちくしょう。書いている傍から後悔しちまう。こんな気持ち、吐露すべきじゃないんだ。俺の気持ちなんて関係ない。伝えるべきじゃない。そう分かっているのに書いてしまった。俺は、あいつに借りがあるのに。』

13

『静時君。あなたは先程送ったメッセージが、私を大いに喜ばせることになると分かっていたはずです。しかし、私の歓喜は、あなたの想像を遥かに超えているということを、まずお伝えしなければなりません。この喜びを、どんな言葉で表現したら良いのでしょう。「お前が博人の想い人でなければ、少しは悩んだかもしれない」綴られていたその言葉で、やはり間違っていなかったのだと確信を持ちました。そういう意味ではないと、あなたは十回言うかもしれません。ならば私は百回抗います。二人の気持ちが重なっているのに、友への優しさで結実を見ないなんてことは、あってはいけません。あなたと出会えたから、私はこんなにも幸せな感情を知ることが出来たのです』

もしも叶うなら、心臓の鼓動を聞いて欲しい。

あなたでなければ駄目なのだと、心と、身体が、こんなにも強く訴えていることを知って欲しい。

『静時君の本質に触れた瞬間から、私の人生はこうなると決まっていました。あなたのことを私以上に愛する女がいるでしょうか。あなた以上に想える男性と、私は出会えるでしょうか。どちらも答えは否です。この恋に落ちた日から、私は一度も迷ったことがありません。怯んだこともありません。あなたを幸せに出来るのは私で、私を不幸に出来るのはあなただけです。目を逸らさず、二人のことだけを考えて下さい。あなたが危惧する通り、私たちは博人君を傷つけることになるかもしれません。でも、彼は決して裏切られたなんて考えたりしません。あなたの親友を見くびらないで下さい。石神博人はあなたが思うより強く、勇敢です。失恋で人生を間違えたりはしません。どうか心に正直であって下さい。静時君が私を好きになってくれる未来を、疑っていません。』

14

『果たして自覚があるのかな。変わった愛を育んでいる奴なんて山ほどいるだろうけどさ。千春、お前は特別に変わった奴だと思うよ。俺たちは高校生だ。まだ社会みたいなものの正体すら、理解出来ていない。一年後、三年後、五年後に、何処にいて、何をしているかも分からない。その時、誰を大切に想っているかなんて、想像もつかない。でも、お前が迷うことはないんだな。なあ、どうしてそんなに自信があるんだ？　「愛」なんて俺は口に出すのも恥ずかしいよ。そんなものを語れるほど、成熟した人間じゃないからな。「愛」って何なんだ？　中学でも高校でも同級生たちの恋愛を眺めてきたけど、俺はいつも子どもが恋愛ごっこをしているように感じていた。未来を誓った奴らが、舌の根も乾かぬうちに別れる姿を、何度も見てきた。別に別れた奴らを軽蔑しているわけじゃない。大人だって三組に一組が離婚するんだ。子どもなんだから上手くいかなくても不思議じゃない。』

私と彼は別人なのに。愛の捉え方だけでも、こんなにも違うのに。

その哲学が不思議と心地好いのです。

もっと聞きたい。読みたい。どんな些細なことでも良いから話して欲しい。

静時君の前でだけ、心は、際限なく我が儘になってしまいます。

返信を考える前に、ビスケットの最後の一欠片を口にすることにしました。ここが分水嶺なのだから、もうリスクマネジメントは必要ありません。

文面を熟考していたら、もう一通、彼からのメッセージが届きました。

『自由恋愛が許されている時代だからな。気に入らなかったら、失敗したら、次へ進めばいい。皆、我慢しないし、努力もしない。今の時代、愛なんてそんなものじゃないのか？　結婚する人間が減っていることも、一人で生きていこうと決めている人間が増えていることも、そういうことじゃないのか？　千春。お前はどうして、そんなに愛にこだわるんだ？』

15

『静時君から質問を頂けることが、たまらなく嬉しいです。そして、あなたにだけは本当に何もかも打ち明けられると感じています。私の哲学は、六歳の時に死んでしまった母の言葉で作られています。母は死の間際、私にこう伝えました。

「千春。どうか忘れないで下さい。人を愛することが、人生のすべてです。私のように愛すべき人を見つけて、思いっきり愛して下さい。そうすれば、きっと、お母さんのように幸せになれます」

きっかけは、そんな母の言葉でした。大好きな母にそう言われたから、愛すべき人と出会うために、私は生きてきました。しかし、今、あなたに想いを伝えているのは、母に言われたからではありません。身体が、心が、細胞が、真実、あなたを求めているからです。私にとって「愛」とは「専心」です。人生とは愛がすべて。私の愛すべき人は、あなたです。』

16

『真っ直ぐな言葉ばかり聞いていると、本当に何て言ったら良いか分からなくなるな。俺は千春ほど自分の決定に自信が持てないよ。ずっと、どちらかを失わなければならないんだと思っていた。友達か、友達の好きな人か、選べる人間は一人だけなんだと考えていた。そして、友達を裏切ってまで欲しいものなんてない。そんなもの欲しがっちゃいけないと信じていた。迷わないつもりで、迷いたくなくて、ずっと、お前を遠ざけていた。それなのに、結局、こうして連絡を取っているっていうのは、そういうことなのかな。かっこ悪いな。俺は本当に、かっこ悪い。』

17

『そんなことありません。静時君は誰よりも素敵です。自分の気持ちより友人の心を大切に出来るあなたが、かっこ悪いなんてことは、絶対にありません。あれは十四歳の春のことだったでしょうか。あなたという人を理解した時、私は、私ほどの幸せ者はいないと考えるようになりました。教室で毎日のように喋るようになって、私はいつしか静時君のことを他人とは思えなくなりました。あなたのような人がこの世界にいることを、本当に頼もしく感じています。

「世の中では女に生れても、本当の女のよろこびを味わうことができない人が多い」

いつか読んだ小説の中に、そんな言葉がありました。そして、今、私はその言葉の正しさを実感しています。静時君と笑い合えるようになるまで、私はこの世界に、こんなにも幸福な感情があるのだということを知りませんでした。知らないままなら、無知を不幸と感じることもなく生きていけたでしょう。しかし、知ってしまった以上は無理です。この幸福を失ったままでは生きていけません。静時君。私は、あなたが私を幻滅させようと努力していると気付く度に、むしろ確信を深めていきました。努めてもなお、優しさを隠せない。それがあなたという人だったからです。大丈夫。二人なら、私とあなたなら、きっと大丈夫。私はあなたのものです。一生涯、夢も、希望も、すべてをあなたに託します。あなたのものになって初めて、私は私を愛せるのです。』

18

午前九時半を回った頃。

何処かのタイミングで方針に変更があったのか、聞いていたラッセル車ではなく、ロータリー式除雪車なる車両が到着し、付近の除雪作業が始まりました。

夜間の吹雪が嘘のように、視界が晴れています。

夜が明けてからも、家族や知人が迎えに来た乗客たちが電車を降りていき、今や一号車の乗客は半分ほどになりました。

病は気からとは、よく言ったものです。静時君とのやり取りに昂ぶっていた間、私の身体は一切の疲労から解放されていました。

しかし、空席となった席に座ると、久しく忘れていた腰の痛みが蘇りました。

もう彼からの返信はないかもしれない。

幾つかの心配も、今は彼方のものです。

弾むような心で窓の外の雪景色を眺めていたその時、待望の返信が届きました。

『改めて、千春から届いたメッセージを読み直した。一年後に読んでも同じことを思うんだろうけどさ。やっぱり、お前は変だよ。どうして、そんなに確信が持てるんだって、ちょっと引くし、怖くなる。でも、届けられた言葉のすべてが、お前の中では本当なんだよな。三宅千春は嘘をつかない。虚勢も張らない。どうしようもないほど真っ直ぐな人間だって、あの一年間で笑っちまうくらいに理解させられている。だから、もう定まっていないのは俺の気持ちだけなんだろうな。千春と最初に喋ったのは、スイミングスクールの記録会か。意味不明な条件を足して博人との勝負に割り込まれた時、何だこいつって思ったよ。その印象は中学生になっても変わらなかった。勉強は出来るのに、いつもちょっとだけ人とズレていた。お前はずっと、面白い女だった。クラスメイトになるまで俺のことを男として意識していなかったって言っていただろ。そんなのこっちも同じだからな。どれだけ仲良くなっても、毎日、喋るようになっても、友達以上の存在ではなかった。なかったはずなんだ。それが、修学旅行から帰って来た夜に告白されて。瞬間的にしくじったって後悔したけど、嬉しい気持ちが微塵もなかったと言えば、それも嘘になるのかもしれない。お前のことを認めていたから。親友の恋人に相応しい女だと思っていたからな。……いや、もう博人を基準にして喋るのはやめるよ。あいつにも、お前にも、失礼だ。認めるよ。お前のことを何とも思っていなかったわけじゃない。心の何処かでは気にしていた。千春が選ぶ話題に心が躍ったし、不器用な所作が可愛く見えないこともなかった。見惚れるというより、笑っちまうって感じだけどな。それも惹かれているみたいな感情の一つではあるんだろうな。……駄目だ。素直に書こうと思うのに、どうしても斜に構えた言葉になってしまう。俺は卑怯な人間だから、この期に及んでもなお、言い訳の言葉を探している。博人は俺を信じ切っている。友達を裏切るのは罪だ。そんなこと、絶対にしちゃいけない。分かっている。よく分かっているけど、お前のような人間を前に、これ以上、自分を誤魔化すのは、もう無理かもしれない。千春。お前は本当に怖い人間だよ。俺はたった数時間で、必死に誤魔化してきた感情を暴かれた。自分でも信じられないけど、恐ろしい勢いで、お前の気持ちに応えることが幸せなのかもしれないと思わされている。愛しているなんて言えない。俺に、愛は語れない。でも、たった一つの感情は認める。失いたくない。俺は、千春を、失いたくないんだと思う。』

19

その時が訪れたのは、静時君への返信を綴り終わったタイミングでした。

二〇一八年一月十二日。午前十時二十六分。

実に十三時間半振りに、４４４Ｍ列車の運転が再開されました。

もう雪はやんでいますから、帯織駅には、ほんの数分で到着することでしょう。

文末に少しだけ加筆して、最後になるだろうメッセージを送信しました。

『静時君。今、この瞬間から、きっと、命が尽きるその日まで、私は完璧な幸せを手にするのだと思います。世界中の誰に笑われても、もう平気です。むしろ無敵です。それほどの勇気が、この胸で燃えています。帯織駅のホームであなたを見つけたら、あまりの嬉しさで涙を流してしまうかもしれません。滑稽な泣き顔を見ても、どうか失望せずに笑って下さい。私はもう一秒たりとも静時君から離れたくありません。でも、現実も理解しています。私たちは受験生ですから、一刻も早く帰宅して、身体を休めなければなりません。だから、想いのすべてを語り合うことも、手を取り合うことも、自重します。もう少しだけ我慢します。その代わり、すべてが終わったら、どうか思う存分、私を可愛がって下さい。静時君の行きたいところなら何処へでもついていきます。あなたの哲学を何だって聞きたいです。静時君には旅をしたい場所はありますか？　何をして遊びたいですか？　何処で暮らし、何をして生きていきたいですか？　未来の話をする時が、本当に楽しみです。』

電車の速度が落ちて、帯織駅が近付いてきました。

見慣れたはずの景色さえ一変して見えるのは、きっと、私自身の世界が変わったからなのでしょう。

昨日までも美しかった世界が、より一層、光り輝いて見えました。

『最後に一つ、絶対に聞かなければならないことがあります。この電車から降りたら、あと一つだけ、質問することを許して下さい。』

末尾に付け加えられたメッセージを読み、静時君は今頃、その質問が何なのか予想しているころでしょう。とはいえ突飛な質問ではありません。賢い彼なら、もう気付いている可能性もあります。

本当に久方振りとなる駅での停車です。

ドアが開くと、乗客たちは我先にホームへと降りて行きました。

太陽が顔を出している間、雪に覆われた町は真夏よりも明るく輝きます。最後の乗客として一号車から降りると、二十メートルほど先、改札に向かう人々の隙間、雪晴れの光の向こうに、彼が立っていました。

怖いくらい真剣な眼差しで、こちらを見つめていたのは、もちろん、静時君です。まだホームに残っている雪を踏みしめながら、一歩ずつ、一歩ずつ、彼に近付いていく。足を動かすだけで、距離が縮まっていく。たったそれだけのことですら、当たり前のことではないのだと、今の私は知っています。

皆が足早に改札を抜けて行ったからでしょう。見附駅に向かって444M列車が出発すると、もうホームには私たち二人だけしか残っていませんでした。

「思ったより顔色は良いな。隈《くま》でも作っているんじゃないかと思っていたよ」

彼の一メートル手前に立つと、ようやくその顔に穏やかな微笑が浮かびました。

「こんなに素晴らしい日です。やつれてなんていられません」

「こんな災難、なかなかないと思うけど、お前と喋っていると落ち込む気も失せるな」

「良いことじゃないですか。嘆いても時間は戻りません。それに、私はむしろ感謝しているんです。だって、あの電車に閉じ込められていなければ、きっと、今もあなたに届いていなかった」

「まあ、そういう強がりは、受験が無事に終わってから聞くよ。それで、残り一つの質問ってのは何だ？」

「静時君は聡い人です。もう気付いているんじゃないですか？」

夜間の荒天が嘘のように、空は晴れ渡っています。

眩し過ぎる天を仰ぎ、しばし逡巡してから、

「千春を異性として気にするようになったのはいつか。それを聞かれるのかなって思っていた」

……どうしましょう。明後日の方角からの回答でした。

静時君に恥をかかせたくありませんが、嘘をつくのも憚られます。

「ごめんなさい。言われてみれば、それも凄く気になりますが、私が今日、どうしてもしなければならなかった質問は違います」

「俺の自意識過剰かよ」

「いえ、そんなことはありません。聞きたかったのは静時君の志望大学ですけど。そっちも滅茶苦茶知りたいです。先に聞かせて下さい。いつですか？　いつから私のことを好きになっていましたか？」

急き込んで尋ねると、呆れ顔で溜息をつかれてしまいました。

「不覚だ。この話はもうやめよう」

「そんなこと言わないで下さい。気になります」

「蒸し返すなって。さっさと本題を終わらせて帰るぞ。これで最後じゃないんだ。落ち着いてから、ゆっくり話そう。もう避けたりしないから」

人間の感情というのは、どうなっているのでしょう。

多幸感で満たされ、安心し切っていたからか、「もう避けたりしない」という、たったそれだけの言葉で、涙が溢れ出してきました。

「おい。待てって。泣くなよ。泣いたら、また帰りが遅くなるだろ。体力のないお前を、さっさと家に帰したいんだ」

「好きです」

彼の言わんとしていることも、私を心配してくれていることも分かっているのに。

零れ落ちてきたのは、結局、一番、伝えたかった言葉でした。

「いや、だから早く家に……」

その言葉を遮って、気付けば、私は彼の手を摑んでいました。

両手で包んだ彼の右手は雪のように冷えていて。でも、私から距離を取ることはありませんでした。

「好きです。愛しています」

「知っているよ」

「私と出会ってくれて、ありがとうございます。今日からずっと、この命が終わるまでずっと、私はあなたのものです」

この雪が解けても。

止まってしまった時間が、ここから動き出しても。

どうか、どうか、二人の幸せな時間が、一生、続きますように。


ねえ、静時君。

いつまでも忘れないで下さいね。

あなたを愛したから、あなたに選ばれたから、私は、私になれたのです。

終幕

二〇一八年一月十三日、土曜日。

本年度のセンター試験初日となる本日、俺は午前六時にセットしたアラームが鳴るより早く、目覚めた。

枕元に置いていたスマートフォンを起動し、中学時代の同級生、峰倉冬子《みねくらふゆこ》からのメッセージが届いていることに気付く。

『博人《ひろと》君。昨日は自宅まで送って頂き、ありがとうございました。お父さんにも感謝をお伝え下さい。体調は如何ですか？　私はまだ足腰が痛いです。どうか、今日、博人君が試験で本来の力を発揮出来ますように。受験が終わったら、千春《ちはる》の家に遊びに行くと約束しています。きっと、お菓子を一緒に作ると思うので、迷惑でなければ、またお届けさせて下さい。昨日の感謝を伝えたかっただけなので、返信はいりません。センター試験、お互いに頑張りましょう！』

いつの間にか友達になっていた知人。峰倉ほどそんな言葉がぴったりな人間はいないような気がする。

中学生の頃、彼女は俺にとって、単に千春の友人でしかなかったが、気付けば、個人的なやり取りをする仲になっていた。

十五時間以上も立ち往生した四両編成の電車に、あの日、中学時代の同級生が四人乗っていた。とはいえ全員が同じ車両にいたわけではない。千春は三条駅から一号車に、静《しず》時《とき》は新潟駅から二号車に、峰倉は東三条駅から三号車に乗り込んでいたからだ。

やがて二号車を覗いた峰倉が俺たちの存在に気付いたわけだけれど、彼女は随分遅くまで、一号車に千春が乗っていることは知らないままだった。隣の車両に当の本人がいるなんて夢にも思わずに、千春を避ける静時を叱っていた。あの夜、俺たちを発見した峰倉は、誰に頼まれたわけでもないのに、憎まれ役を買って出ていたのだ。

思えば、彼女と喋る時は、いつも千春が一緒にいた。彼女が千春の友人だからこそ、交流があった。あんなことがなければ、きっと、これからも峰倉と一対一で向き合うことはなかったに違いない。彼女が持っている強さに気付くこともなかったはずだ。

今朝送られてきていたメッセージには、返信はいらないと書かれていた。そういう配慮も、実に彼女らしいと思う。

要するに、峰倉もまた、友人思いの良い奴なのだろう。

現役生の場合、センター試験の会場は所属する高校が基準になる。

赤羽高校に通う静時は別の大学で試験を受けるはずだが、三条北高校に通う峰倉はどうだろうか。

もしも今日、会場で会えたとしたら、俺たちは何を話すのだろう。

試験のこと、将来のこと、そして、千春のこと。

考えなければならないこと、決めなければならないことが沢山あり過ぎて、最近はいつだって頭の中が飽和しそうだ。

だからだろうか。

これが果たして良いことなのか、そうでないのかも確信が持てないけれど、何の引っかかりもない峰倉のことを思い、少しだけ気持ちが楽になったような気がした。

震えるほどに冷える階段を降り、リビングに入ると、両親が朝食を食べていた。

「おはよう。体調はどうだ?」

「芳しいとは言えないかな」

「もしかして眠れなかったか?」

年末からセンター試験の日程に合わせて生活リズムを調整してきたのに、あの一晩ですべてが狂ってしまった。

立ちっぱなしで夜を越えたのだ。昨日は帰宅後、夕方まで泥のように眠ってしまったし、そのせいで夜はなかなか寝付けなかった。

早く眠らなければと焦れば焦るほど、頭が冴えていった。千春と静時のことを、夜の帳に延々と考え続けてしまった。

「体調管理が出来ていないことは言い訳にならないし、ベストを尽くすよ」

もともと県外に進学するつもりがなかったから、俺の志望大学は中学生の頃から変わっていない。新潟大学の工学部だ。

甘く見積もって六割の合格率というのが、ここ数ヵ月の模試の結果を見た担任教師の言葉である。決して安心出来る数字ではないし、試験二日前に、体力を大幅に削られる事件に巻き込まれたことは、痛恨の極みとしか言えない。

ただ、今更、何を嘆いても現実は変わらない。

千春や静時は、どんな体調で今日を迎えたのだろう。

二人はどちらも俺より学力が高いが、志望大学が違えば必要とされる得点も変わる。

あんなことがあった後だけれど、それはとても難しいことだとも思うけれど、せめて皆が納得のいく結果を得られると良い。

今日は試験会場である大学まで、父親が送ってくれることになっている。

今思い出してみても、昨日の帰りの車中には、微妙な空気が充満していた。

千春と静時と一緒に電車に閉じ込められたことを伝えていたから、当然、迎えに来た父親は、二人のことも送ろうと考えていた。

線路を挟んで反対に住んでいる静時はともかく、千春の家は目と鼻の先だ。一緒にピックアップしない理由がない。

だが、息子と共に雪原を歩いて来たのは、千春でも静時でもない知らない女子高生だった。そして、そんな状況に戸惑う父親に、俺は彼女が中学時代の友人であることしか説明しなかった。

父親が千春に、お嫁に来て欲しいみたいな話をしている姿を、見たことがある。

もちろん、酒が入っていたり、冗談の延長みたいな会話の中での出来事だ。

ただ、少なくとも石神家の家族は、皆、俺と千春が将来、そういう関係になることを期待していたように思う。

だから、峰倉を自宅まで送る道中、父親は様々なことを考えたはずだ。

息子は幼馴染みに振られたのだろうか。

この少女こそが、息子の恋人になったのだろうか。

雪にガタつくハンドルを握りながら、少ない情報を頼りに、父親は様々な可能性を推察していたはずだ。

峰倉を降ろし、親子二人になった車中で、父親が言葉を選びながら喋っていることに、すぐに気付いた。眠気で頭もよく働いていなかったけれど、とにかく色んなことを心配させてしまっているのだということは察せられた。

交流を再開させた千春と静時が、どんな結論に辿り着いたのか、俺は知らない。だから、親に気を遣わせるのも嫌だったが、千春について話せることは何もなかった。

「受験も、恋愛も、気持ちさえあれば、何度だってやり直せる。上手くいかないことがあっても、あまり悩み過ぎるなよ」

車からの降り際、そんな言葉をかけられたが、やっぱり返せる言葉はなかった。

将来の生活なんて今は想像も出来ない。

それでも、一つだけ、断言出来ることがある。別の誰かを千春のように好きになるなんて、俺には到底考えられないことだった。

熱い風呂に入り、用意されていた食事を掻き込むと、夕方まで夢も見ずに眠った。

そして、俺が寝ている間に、千春がモバイルバッテリーを返しに来ていた。

非常時でも同じ車に乗らないほど、息子と気まずい関係になったと思い込んでいたからだろう。千春と会ったことを話す父親は、随分と混乱しているように見えた。

俺は事実、千春に振られている。

それは、間違いない。

だけど、二人の間にある信頼や関係性は、子どもの頃から何も変わっちゃいない。それだけは絶対に揺るがない。俺は今でも千春のすべてを信頼している。

「なあ、電車の中で何かあったのか?」

踏み込んで良い話題なのか確信が持てないのだろう。父親は気まずそうな顔で尋ねてきたが、曖昧に誤魔化すことしか出来なかった。隠したいわけではなく、本当に何を答えれば良いか分からなかったからだ。


昨晩、就寝前に、静時から一通、簡潔なメッセージが届いた。

『試験が終わったら、お前に謝りたい。』

綴られていたのはそれだけで、俺は即座に、

『お前に謝られるようなことは何一つない。』

とだけ返した。

俺は静時と千春の物語を、ほとんど何も知らない。

中学校ではクラスが違ったし、高校生になってからは、お互い話題にすることを避けていた。

客観的に見たら、俺には謝罪されてしかるべきことがあるのかもしれない。本当は、怒ったり嘆いたりする資格があるのかもしれない。

けれど、俺は「そんなことはない」と言い切れる男でいたかった。

親友に、ただ恋をしただけの友人たちに、妙な気遣いをさせたくなかった。誰かが誰かを大切に想ったせいで壊れるような関係だとは、思いたくなかった。

未来のことなんて誰にも分からない。

俺はいつか、この恋に破れたことで壊れるかもしれない。

後悔しても後悔しきれないと嘆くかもしれない。

だけど、せめて二人の大切な友人がすぐ傍にいる間は、強がっていたかった。

センター試験の会場となる大学の下見は済ませている。

実際に試験を受けることになる建物の位置も確認済みだ。

余裕を持って送ってもらったが、会場の講堂に到着すると、既に大勢の受験生たちが着席していた。

受験票を手に、自分の座席を探しながら後部の通路を歩いていたら、

「おはようございます」

間違えるはずのない大切な声が、鼓膜に届いた。

数メートル先に、制服の上にコートを着用した千春が立っていた。

俺と同じように千春も受験票を手にしている。ちょうど反対側の扉から入って来たところだったのかもしれない。

「おはよう。体調はどうだ？」

「それが聞いて下さい。自分でも驚くほど良いんです」

言われてみれば、強がりだとは思えないほど顔色が良い。

正直なところ、俺はまだ腰と足の裏が痛い。万全の体調とは言い難いが、千春は活力に溢れた笑みを浮かべていた。

「試験の前に尋ねることでもないけど、気になっても困るから、聞いて良いかな。静時とはどうなった？」

上部の窓から差し込む陽光が、その横顔を照らしているからではないだろう。

核心を問うと、千春の顔にさらに力強い笑みが浮かんだ。

「もう避けたりしない。これからは、ちゃんと向き合う。そう約束してくれました」

「そっか。良かったな」

「ずっと、静時君の志望大学が知りたかったんです。昨日、ようやく教えてもらえました。なので私もそこを受験します」

「相変わらず、決断が早いな」

「何処にでもついていけるように、勉強を頑張っていたので」

愛こそ人生のすべて。

出会った頃から、千春はそう信じて疑っていなかった。

ただ、この数年は、ずっと、上手くいかない恋に苦しんでいたように思う。

迷いのない人生を生きるというのは、本当に幸せなことなんだろうか。愛に惑い、悩む千春の姿を見ながら、俺はそんなことを考えていたし、愛なんてものに支配されている彼女の生き様や覚悟に呆れることもあった。

だけど、この曇りのない笑顔を見たら、思い知ってしまう。

俺は、千春がこういう人間だったからこそ、好きになったのだろう。

空気の悪い満員電車で、立ったまま夜を過ごしたのだ。帰宅から二十四時間も経たず始まってしまう試験で、全力を出せるかは怪しい。

俺はそう悲観していたけれど、千春は逆のようだった。

「大丈夫です。私も、博人君も、冬子さんも、静時君も。きっと、大丈夫。あの夜を乗り越えることに比べたら、試験なんて大した敵じゃありません。絶対に上手くいきます。頑張りましょう」

出会った頃から、千春はいつだって強かった。

本当に、誰よりも強くて、無敵だった。

例えば戦う相手が運命みたいな何かだとしても。こいつの笑顔には敵わない。

千春と喋っていると、いつもそんな勇気が湧いてくる。

その笑顔を俺だけのものにしたかった。そんな最大級の願いは叶わなかったけれど、この祈りは届かなかったけれど、それでも、千春と出会えて、友達になれて、本当に良かったと思う。

座席を探して通路を行く彼女の背中を見つめながら、気付けば、涙が溢れていた。

千春。

失ったと気付いてから、お前が言っていた「愛」が何たるかを理解出来たなんて、皮肉な話だと思わないか？

こんなことを考えているって知られたら、嫌われてしまうのかな。

本音を言えば、俺は、静時に振られたお前に教えて欲しかった。

こんなに人を好きになった後で、どうやって生きていけば良い？

その愛が手に入らないと思い知った後で、どうやって幸せになったら良い？

俺は友達だから、お前の前では、何度でも強がって、こう言うよ。

千春の幸せが、俺の幸せだって。

だけど、やっぱり、どうしようもなく痛いんだ。

痛くて、苦しくて、怖くて、この人生に耐えられそうにない。


なあ、千春。

愛って奴は、本当に残酷だな。

あとがき

　本作の舞台である新潟県三条市に、私は四歳から九歳まで四年半、住んでいました。蛍の群生を見たり、下校中にザリガニを捕まえて用水路に落ちたり、あの時代、あの場所だったからこその思い出が沢山あります。

　そんな故郷の一つである三条市で、二〇一八年の一月に、豪雪のため電車が翌朝まで十五時間以上立ち往生するというトラブルが起こりました。

　進学塾で十年ほど講師を務めていたこともあり、ニュースを見て最初に想像したのは受験生の気持ちでした。皆さん、つらく、苦しかったはずですが、中でも、センター試験直前の高校生、浪人生たちは、本当に大変な思いをしたはずだからです。

　私が『蒼空時雨《あおぞらしぐれ》』という恋愛小説でデビューしたのは、今から十五年前のことになります。好んで恋愛小説を読むことはないのに、不思議と自分では楽しく書き続けてきました。とはいえ一番書きたいのはミステリであり、実際にあった事件をモチーフに執筆したいとも常々考えていました。

約四百三十人の乗客が四両の電車に長時間閉じ込められたわけですが、このトラブルで死者は出ていません。鉄道会社や沿線自治体の対応が完璧だったかは分かりません。それでも、正解など誰にも分からない極限状況で、それぞれがベストを尽くし、全員が生還を果たしています。新潟の人々が誰も雪に負けなかったという事実もまた、この出来事を題材にしたいという気持ちに拍車をかけました。

私は、真冬に生まれ、雪国で育っています。

試験前日の朝まで雪に囚われた高校生たちが経験する恋模様。

自分が書くべき物語な気がしました。


人生で一番感動した恋愛小説は、武者小路実篤《むしゃのこうじさねあつ》の『友情』です。

そして、本作はその『友情』のオマージュでもあります。

雪の密室を舞台に繰り広げられる、たった一晩の恋の物語。

真冬の匂いに思いを馳せながら、読んで頂けたら嬉しいです。

綾崎《あやさき》 隼《しゅん》

本書はフィクションです。

季刊astaで二〇二三年九月号〜二〇二四年四月号に連載された作品を加筆・修正の上、書籍化しました。

◆引用文献

『友情』武者小路実篤　新潮社　p.135

JASRAC出 2406044-401

◆主要参考文献

『友情・初恋』武者小路実篤　集英社
『友情』武者小路実篤　新潮社
日本経済新聞「除雪車出動に遅れ　JR信越線大雪で立ち往生」
https://www.nikkei.com/article/DGXMZO25630690S8A110C1CC1000/

綾崎 隼（あやさき・しゅん）
1981年新潟県生まれ。2009年、第16回電撃小説大賞〈選考委員奨励賞〉を受賞し、『蒼空時雨』（メディアワークス文庫）でデビュー。受賞作を含む「花鳥風月」シリーズ、「君と時計」シリーズ（講談社）、『盤上に君はもういない』『この銀盤を君と跳ぶ』（KADOKAWA）、『死にたがりの君に贈る物語』（ポプラ社）など著作多数。

冷たい恋と雪の密室

2024年10月1日　第1刷発行

著者　綾崎 隼
発行者　加藤裕樹
編集　末吉亜里沙
発行所　株式会社ポプラ社
〒141-8210　東京都品川区西五反田3-5-8
JR目黒MARCビル12階
一般書ホームページ　www.webasta.jp

組版・校閲　株式会社鷗来堂
印刷・製本　中央精版印刷株式会社

N.D.C.913 317p 19cm ISBN978-4-591-18342-7

P8008472

死にたがりの君に贈る物語

綾崎隼

熱狂的なファンを持つ、謎に包まれた小説家・ミマサカリオリの訃報が人気シリーズの完結目前に告げられた。作品は批判に晒され、さらに作家に心酔していた高校生・純恋が後追い自殺を図る。やがて山中の廃校に純恋を含むミマサカファン、七人の男女が集まって——。ベストオブけんご大賞受賞。

単行本

それを世界と言うんだね

綾崎隼
歌／花譜
曲／カンザキイオリ

少女は、薔薇の花畑で目覚めた。自分は誰かもここがどこかもわからない。すぐ先には白い小城があり、そこは物語管理局という時空の狭間だった。少女は自分の正体を突き止めたいと「王子」と〝物語管理官〟として童話の中に入るが……。読者から募集した物語をカンザキイオリが楽曲化、花譜が歌を担当。

単行本